從 紅 河 流 域 到 季 佐 特 國

De la rivière Rouge au pays des Zizotls

ATLAS DES GÉOGRAPHES D'ORBÆ

François Place

歐赫貝
奇幻
地誌學

R-Z

陳太乙 —— 譯　　法蘭斯瓦·普拉斯 —— 著

願行經過後，足印之處皆能長出花朵。

撰寫這三本《歐赫貝奇幻地誌學》時，我試著描述一個尚待發掘的世界：較今更廣闊、更陌生、更神祕的世界。彼時，人們傳述著各種關於奇異島嶼或未知國度的故事。

我把字母表當作指南，每個字母都成為一張想像的地圖。

在最後一則故事中，出現了印地安民族的季佐特人。他們遵奉「足行之禮」：盡可能在大地的表皮上留下最輕柔的痕跡。在他們行經過後，足印之處有時甚而長出花朵。那是一群與大地和諧共生的人類。我希望這三部書最終能停駐於這個意象上。

法蘭斯瓦・普拉斯
2008年10月

歐赫貝奇幻地誌學

De la rivière Rouge au pays des Zizotls

ATLAS DES GÉOGRAPHES D'ORBÆ

François Place

R–Z

從 紅 河 流 域 到 季 佐 特 國

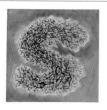

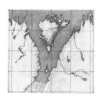

紅河流域

Le pays de la Rivière Rouge

紅河彼岸，延伸著王者之王的國度。
他統領無數國家，通曉與動物談話之祕技，
並一直小心翼翼，維護國度的神祕面貌，與世隔絕。

　　王者之王的戰士朝紅河流域前進。他們精神奕奕，毫無疲態，步伐筆直，不拖泥帶水；雙手穩穩握持著長矛和盾甲，頭盔上綴飾白色羽毛，隨著腳步搖曳舞動，長羽如雲，將他們高聳的身影拉得更瘦長。一首歌謠，極為甜柔，幾乎像孩童般純稚，在他們之間傳唱，形成一陣細微的鳴響，宛若一縷精氣，揉合著他們行經之後所撫挲出的青草味。在他們之中，有個白人特別顯眼，他身穿厚衣，毛髮細直如線，為汗水所濕透。因發燒疲累的緣故，他的臉頰凹陷，步履蹣跚。他訝異氣候如此酷熱，融化了這片陌生的天，而看著他出生的那片天卻遙遠得令人興嘆。男人氣喘吁吁，痛苦難當，低聲埋怨，要費好大的勁，才跟得上那些膚色如深夜般漆黑的矯健戰士：他們不把路途當一回事，行雲流水，好比野獸。男人名叫尤傲，是個奴隸販子。

他曾航海多年，一直待在販賣黑奴的船艦上。有一天，他突然厭倦起熱帶驕陽下那些又臭又黏的船隻，於是全心投入血腥的獵人口行業，愈發深入陸地中心，在荒漠中打劫偏僻村落。他的幾名同夥都是十惡不赦的大壞蛋，和他一樣，為了把稀有好貨搶到手，什麼壞事都幹得出來。人們常見他拖著長長的人蛇，直拉到岸邊賣鋪：男人、女人、小孩，一個挨著一個，拴綁成串，而在他們身後的，則是因為路途坎坷，受不了長途跋涉而被折磨致死的——苦命人屍。

偶爾，在中繼站過夜時，會有個奴隸在哀嘆之餘，喃喃念起「王者之王」的名號，潸然淚下，沾濕了聖名。一個個精疲力盡的身軀被任意推擲在地，這個名號在他們之中傳頌流轉；俘虜們的咳嗽聲不時驚擾朦朧的半眠狀態，這個名號於其間掃出一條通路，彷彿一個希望，一次獲得救贖的機會，又或是黃昏暗影之下的一絲慰藉。尤傲認為，「王者之王」這位源自於古代奇談的傳說人物，不過是薩瓦納莽原區的一個國王，或許可能確有其人，但差距那麼遠，毫無疑問地純屬荒唐。更何況，對於那座王國的領土疆界，地理學家們的意見並不盡相同，而所有意欲呈現王國風貌的地圖，則一幅較一幅異想天開。更別提那些無稽之談：據說，王者之王坐擁數不盡的財富，神力無邊，無人可敵，系出一支能變身為獅子的王族；他藏書豐富，直可追溯至世界初創之年代，身邊還有一群智囊團，那些智者能說已消失的語言。根據最令人難以置信的說法，王者之王本身更身懷祕技，他通曉各種被遺忘了的獸語。

然而，在理智的北國讓人聽了昏昏欲睡的無聊故事，到了這兒，卻換了語調，改了意義，彷彿一陣金粉迷濛，迴旋空中，於被拴綁的俘虜乾渴的唇上閃爍躍動。在這兒，這塊太陽燃燒的區域裡，王者之王的名號傳遍每一座村鎮，而當天地一片漆黑，王之戰鼓在遠方響起，所有屬於夜晚的雜音皆戛然而止……

某天，尤傲帶領一隊奴隸穿越一座村莊，忽然遇上百來位戰士，個個佩帶兵器，橫擋在路中間。他們自稱由王者之王派遣而來，要買下那些奴隸。尤傲和同夥商量起來。無須人口販子費心討價還價，戰士直接付兩倍價錢，外贈攤列在草席上的珍貴寶藏：幾十支純金打造的環鐲、錢貝串成的項鍊、二十幾卷精緻布料，以及一本小書，有著象牙雕製的封面，內頁以黃金綴飾，畫有許多逼真細緻

的插圖。這樣物品比其他珠寶更吸引尤傲，是促使他接受交易的主要原因。不知道為什麼，他想獨自占有它，一頁一頁翻閱，瀏覽布滿頁面上的陌生字體。

交易一完成，王者之王的戰士們立即召集所有奴隸，不過，他們並未將奴隸收編占有，帶往命運中下一個悲慘的目的地，反而砍斷鎖鏈，拆下箍勒在受刑人頸子上的木叉，堆得老高。然後，就著這無意間搭成的柴堆，戰士們點燃了營火。眼看著火苗逐漸舔拭折磨他們的刑具，男女奴隸終於獲得解放，紛紛流下喜悅的淚水。他們肩並著肩，臂環著臂，朝天空大叫，四處跳躍，甚至，朝虐待他們的那些惡棍吐口水。有人隨興哼起一首歌，其他人隨即加入齊唱，整座村的人們盡情歡笑，輪番舞蹈、拍手，那些白人看得目瞪口呆，聽得耳聾腦脹。一名說唱樂師吟誦詩篇，讚美王者之王；村民搬來稷黍啤酒，殺雞宰羊；歡樂的氣氛洋溢散播，甚至感染了鄰近村落，所到之處，科拉琴*琴弦撥動，皮鼓震響。不一會兒，方圓幾哩之外，就連最屏弱的矮樹叢，最瘦小的蜥蜴，都把這件事的來龍去脈掌握得一清二楚。儘管有些不甘願，黑奴販子們也被拉進慶典同樂，王者之王的戰士則冷笑著，衛護在側。

尤傲一覺醒來，叫苦連天。幾個昔日同夥在夜裡將他灌得酩酊大醉還不滿意，竟捲走所有戰利品潛逃，只留下一樣可有可無的玩意兒，算是給他的一點報償——就是那本小書。尤傲喜歡得不得了，卻一個字也看不懂。

所以，現在他才會落在王者之王的部下後面趕路，朝著一個不斷與他捉迷藏的國度前進。當初，他會同意跟他們走，一半出自好奇，一半則是爭面子充好漢。但是，那時他完全不知道有這麼多里路得走，一個時辰又一個時辰，一天又一天，走得腳掌疼痛難當，變得比鉛塊還更沉重。在他前方的那些鐵人絲毫不知疲累為何物，夜宿休息又太過短暫，從來沒有足夠的時間讓他恢復白日所耗盡的體力。最可怕的一次經驗是，某一個如火燒般的酷熱天，他們越過一座沼澤。沼面上，烈日的強光映得人睜不

*編註：科拉琴（Kora）為西非長頸豎琴式魯特琴，裝有二十一根弦，又稱「二十一弦豎琴」。和後文提到的巴拉風木琴（balafon）同為非洲傳統樂器。

開眼，一波又一波的沙舌鋪展延伸，撲吐過來，望不著邊際。沼澤區中棲息著上千鳥類，引吭尖啼，振翅鼓譟，刺耳之聲響徹雲霄。那天，在尤傲焦躁的心神中，一切開始動搖，天旋地轉。他崩潰倒下，如何也站不起來。戰士只得扛著他繼續向前。時間、距離、日期，全部混成一片漆黑的夜，彷彿一道瀑流崩堤，汗水怒潮將他淹沒，全身濕透。他躺在臨時擔架上搖搖晃晃，完全看不到紅河兩岸的山崖峭壁，也無緣眼見高原上那遼闊無垠的青草地，以及草原上數不盡的野生動物，成群結隊，漫遊其中。他穿越了一村又一村，茅屋房舍三三兩兩，在他迷霧籠罩的腦海中前前後後顛簸，顯得畸形怪狀。他度過了一夜又一夜，夜裡盡是恐怖不堪的噩夢，壓得他無力招架。他失了魂似地遊蕩了好幾個星期，在生與死之間漂流，喃喃發出含混不清的夢囈。當話語失而復得，理智也同時甦醒，他逐漸能分辨晨昏，在某個嶄新的一天，世界終於變得清新明亮。

他醒來時身處一間十分乾淨的小屋，屋中僅擺設了一張草蓆供他躺臥，旁置一甕清水。他走到院內，遇見一位老婦人正在春搗黍米，一名嬰孩在她身畔玩耍。籬柵連結

另一棟小屋，並接續另一座屋院，而這座院子與其他幾座巧妙相連，然後愈擴愈遠。他四下亂逛，雙腳尚且發顫，最後發現：事實上，那是一座不折不扣的大城，一棟棟茅屋編結相繫，交織如蓆，整齊、搭拆容易，而且堅固結實。這座茅屋城中住有眾多男女孩童，熱鬧熙攘，廄圈中豢養各種牲畜，數量至少與人口同等。而或許隔日，這一切就能在叫嚷、嘻笑、驢哼雞鳴等嘈雜聲中，拔營開走：這是王者之王的陣地。

老婦人供他餐食，他漸漸恢復了力氣。一天早晨，一個佩戴著高大羽冠的男人前來尋他。尤傲跟著他穿梭陣營小徑。

在一株酋長樹*的樹蔭下，王者之王莊嚴端坐，嬪妃環繞，另有眾多隨從屬下隨侍在側：首長、大臣、說唱史官、魔法師、巫師、神物守護人、鼓手、樂師和舞者……等。一群攜帶弓箭長矛的牧人則在他們外圍環成一個大圈。大王高高在上，不動如山，肅穆呆板，雙唇微啟。他身著紫衣，頭戴金帽羽冠。平臺兩側各搭建了一幢小屋，門窗緊閉。座落於西方的，是飲血皮鼓之屋，每天宰殺一頭水牛，以新鮮牛血澆灌。飲血皮鼓陰沉多疑，捍衛國王

*譯註：非洲部落居民聚集之處。

之怒，傳達開戰之意。位於東方的，則是飲乳皮鼓之屋，平時不發聲，只在宣告王室新生兒降臨時響起，也因此，每天早晨要以羊奶餵哺。

大王身邊站著一名瘦小的男子，上半身鼓如母雞的胸骨，頸部則是一條長長的肌腱，支撐著一顆大腦袋，皺紋如溝壑密布，於兩頰下方深深犁成一道又一道，沒入幾縷稀疏短鬚中。他名叫阿博海巴，是話語部長。一隻斑斕美麗的蝴蝶在他頭頂上飛舞，而這隻昆蟲所舞出的線條與他語調的抑揚頓挫搭配得天衣無縫，簡直就像由聲音寫出的字──想不到體型如此瘦小的人，聲音卻極為低沉有力，尤傲心中立即閃過這個念頭。這位阿博海巴的思緒既敏捷又有深度，不消一個鐘頭，就將白人的想法徹底轉變，並一點一滴地，為他悉心檢視那潰散零落的內心。

對談結束後，尤傲接獲通知：身為王者之王的客人，只要他與王的子民共處一天，都將能享有大王的保護及慷慨。不過，關於這個國度，尤傲先前所聽說的一切，與他後來親身經歷的神妙，完全不能相提並論。王者之王所統領的國度，幅員遼闊無比。領土延伸，越過月亮山，與寇拉卡國接壤。王國北方聚集許多富庶的商城，各國商隊定

期從東岸登陸來此交易，而來自遠方的崗妲城艦隊每年停泊東岸港灣兩次。這一切，還有王者之王傳襲了幾世紀的族譜，他手下巫師們的強大力量，以及服膺其王法的無數民族，阿博海巴都運用技巧，耐心地為尤傲一一講解。這名白人漸漸成為他的朋友。他告訴他戰爭七勇臂的故事：這七位將領「飲鐵漿為食」；與寇拉卡國結盟的孿生騎士；還有百發百中的神槍手：因為巫師們施了魔法，事先把子彈浸入獵豹的鮮血中。尤傲聽著、看著，處處跟隨小老頭和他的蝴蝶，不斷學習。

偶爾，熱病如迷霧，再度將他籠罩，同樣的噩夢接連不斷而來，夢境中，滿身是傷的奴隸們一再糾纏他，緊追不放，夜復一夜，哀嚎呻吟。於是，他總在迷夢與現實中徘徊。阿博海巴第一次跟他提起「對獸談」是在何時，他早已記不清，並開始認為這些話都是自己的瘋狂夢囈，然而，事實再次擺在眼前，他不得不強令心中疑慮噤聲。

王者之王的獵人捕到一頭出色極了的羚羊。牠姿態優雅、矯捷健壯，在圍籬中奔跑，從這頭躍到那頭，揚起一朵朵小雲塵。待牠調節好氣息，眼觀四方偵伺，獸首昂然端立於細長的頸背上，這個時候，牠看起來彷彿正挑戰一

支迎面射來的利箭或長矛，且不畏自己或許即將被穿透，寬大的心胸就此停止跳動。隨後，牠又開始在圍籬中蹄奔，畫出一個又一個大圈。每天黎明，一位祭司為牠帶來一盆鮮乳及一捆薩瓦納草原的青草。放妥之後，他便悄悄退下，一心只想表現出人類的通情達理。尤傲自己也幾乎每天都來探望羚羊。大家對這頭野獸關愛之至，引起他極大好奇。這樣煞有其事地過了十天左右，來了一群土番，一面唱著歌，一面走向圍籬。兩名男子打開柵門：自由之路就此展開。群眾擠滿兩旁，主動闢出一條路讓動物通過。

羚羊獨自面對一個朝牠前來的身影。那是王者之王。人與獸，面對面，停下腳步，以目光交會。此刻，話語從大王口中流瀉而出，聲細難辨，脆弱而遲疑，宛如一條條損舊了的絲線，織成一張極華美卻又極古老的地毯。眾人看那羚羊，牠精巧的耳朵豎了起來，微微顫抖，輕柔地朝王的聲音走去，那兒訴出語絲縷縷，內容似乎唯有牠才聽得懂。牠深受這話語的魔力吸引，彷彿有條韁繩牽引似地，一步一步，逐漸靠近，鼻尖幾乎觸碰到王者之王的手。四周，人人屏住了氣，寂靜凌駕全場，延長這稍縱即逝的相會片刻。阿博海巴的蝴蝶停駐在主人額前，緩緩鼓動翅膀……忽然，像是從一場漫長的睡夢驚醒，羚羊打了個顫，四蹄齊力，猛地躍開，繞過不動如山的王者之王，狂奔逃逸。

「王者之王，」阿博海巴咬著尤傲的耳朵悄聲說道：「每年夏天，連續十二年，都要與我們的獸類弟兄進行一場會面，每一次晤談的對象都不同。你運氣真好，羚羊年是我最喜歡的年分。不過，大王絕不可以與獅子交談，以免喚醒他的某位祖靈。這是因為，他和獅子擁有相同的血脈。你們的國王也和獸類說話嗎？」

尤傲沒有回答。羚羊這段際遇喚醒他久遠之前的夢，他還記得，自己曾對白雲、河水、烏鴉、風與雪說過的話語。所有柔弱的羽翼類與絨毛類帶來的那種絲緞般的感受，像是他孩提時，那隻從巢中掉出來的雛鳥，心臟在柔

細呢軟的羽毛下搏動，他曾注視良久。這一切皆已十分遙遠，且埋在他心底最深處。和羚羊一樣，他打了個寒顫。當他發現：這場儀式其實在為狩獵季拉開序幕，簡直大大鬆了一口氣。不等人家問，他自動幫忙準備事宜。接下來的日子裡，他整天和獵人們廝混，重新找回追獵的嗜好，再次領略殺戮所帶來的熟悉快感。從那時起，每天晚上，柴火上總飄出烤肉香，伴著營地的人們入睡。

鼓聲響起，宣告狩獵季結束。阿博海巴邀尤傲隨他全家一同前往王者之王城，紅河流域的首邑。在尤傲以前，從未有任何白人踏入該地。

那座大城泛著蜂蜜色澤，街道酷熱，瀰漫著各種氣味。沿街攤位架設頂棚，赤褐色的暗影下，金屬器具叮噹作響；孩童三五成群，跟著羊隊細碎的腳步緩行。不見城牆，也沒有集散中心，只有住屋層疊交錯，以內院外巷相連，一段段階梯盤上陡坡，而其中幾座，無預警地將你帶到王者之王的宮殿門前。尤傲一下子就熟悉了環境，能隨意漫遊。他是「話語部長」的朋友，走到哪裡都受到款待；而且他好奇心旺盛，天生擅作表情，傾向對凡事及自己加以嘲諷，這些特質彌補了溝通上的困難。

幾乎沒有什麼地方禁止他進入，不過，最吸引他的所在，毫無疑問，是一座高大的屋樓，大門打造得十分沉重，鑰匙由阿博海巴一人掌管。這座高樓裡存放著極為神聖的典籍《至尊經》——最受阿護愛惜的一本書。該書年代久遠，可追溯至世界開天闢地之初，至少史學家們如是說。偶爾，在幽深的夜裡，王者之王會來此拜讀經文，與之對談。《至尊經》平時絕不出戶，只有在十二年的動物交談輪迴結束之後，才會把它請出來。屆時，一列盛大壯觀的隊伍抬著它，從王城一直走到紅河畔。經書之重，至少要二十名壯漢才抬得動。到了岸邊，樹蔭之下，號角與鼓聲齊鳴，專人為它揭去護簾，金線與絲線織成的布幔，總共七層。然後，斜靠一座支架擺設妥當，阿博海巴便翻開厚重的銅製封面，面朝紅河，隆重宣布：《至尊經》誦讀大會就此展開。於是，一百零八名誦經師上前，圍著書坐下，每個人各以一種非常古老的語言，喃喃念起前幾個段落。他們的音調時而低濁，時而尖顫，和著鈴鼓與鐃鈸的節奏起伏，這些聲音層疊縱橫，竟生成一種新的語言，近似王者之王對動物交談時口中發出的聲調。難以描述的這張音網完整呈現《至尊經》神祕的原文，娓娓道來，說

給樹知、水知、風知。

尤傲並未有幸參與這場盛會。對他而言，《至尊經》始終罩著面紗，藏在門後；那門鎖上的光澤，他曾久久撫摸。他只能根據阿博海巴的描述，想像盛宴排場、號角、鑼鼓、披上鎧甲的駿馬、官員們沿著紅河蜿蜒的華麗隊伍，還有那一百零八名誦經師，此起彼落、相互唱和，整整一個月，復甦祖先的話語。他甚至有了一種想法：他變賣奴隸得來那本象牙封面的小書，以某種角度來看，也算是那神奇合誦的一部分吧！

每天早晨，阿博海巴在《至尊經》前獻上一盅椰棗酒。阿博海巴的角色不僅限於維護《至尊經》，還必須負責小心供養。他常外出，深入各鄉省，採集身兼巫師、樂師及詩人的說唱家之話語，回來之後呢喃說給聖書聽，藉以更新書的記憶，讓文字內容永遠保持清醒。有一次，他邀尤傲隨行出巡，這位白人朋友喜孜孜地一口答應。對尤傲來說，那是一個探訪許多區域的好機會，那些地方他自己一個人可到不了。那段時間裡，他嘗過天下最不可思議的料理，如油漬蚱蜢、長條蜜瓜乾、挖苦樹果及乳花木果。薩瓦納的白蟻城比人還高，讓他大開眼界；還有，沙丘竟能自行游移，而其實裡面孕育著許多小動物，躲在地下悄悄跟蹤旅人，尤傲親見此景，大吃一驚。一天夜裡，他偶然看見一幅驚異的景象：一隊燭架犀牛，頂著大群磷光飛蟲經過，照亮了薩瓦納草原。阿博海巴教他辨認樹木，有的會流出芬芳的淚水，有的結出警醒的果實。他還特別拿一種草給尤傲看，這種草的汁液含有劇毒，會麻痺知覺，讓人如死屍般冰冷。他聽說唱樂師彈奏巴拉風木琴，吟誦偉大的長篇史詩，響亮的樂句扶搖直上，連續幾個整夜，圍聚的聽眾睜著眼，瞪得比貓頭鷹還圓。常常，他驚訝地發現，自己和其他人在同一個時刻輕輕顫動，表示驚奇、贊同、大笑、哭泣、鼓掌。阿博海巴則閉著眼睛聆聽，任一句句話語搖哄撫慰。

尤傲的熱病發作間隔逐漸拉長。結束了這趟長途遊歷，他們總算回到首邑之都。他對老朋友坦承公布自己的歸國計畫。阿博海巴思索著恰當字眼回應，飛繞在他頭上的蝴蝶狂舞起來。

「尤傲，我的老友，」他終於開口：「你不能回自己的國家。」

「王者之王不答應嗎？」

「不是,我還沒向他提出請求。但是,你得知道,如果他同意,你對紅河流域國度所知的一切,都將從記憶流失,甚至我們之間的友誼也⋯⋯我一直希望你能留在我家長住,在這裡建立自己的家庭;此外,因為王者之王很欣賞你,或許,以後你能承接我的工作,在他身邊為他效勞⋯⋯請你再考慮看看⋯⋯」

然而,連續幾天乃至幾個星期,尤傲任思鄉之情將心占據,無力招架。他甚至覺得,世上最奇特、最神妙的,就是平凡故鄉裡那些日常事物:葡萄釀成的酒、冰雪的純白色、掛在壁爐上的火腿、酵母麵包的味道⋯⋯

在他堅持之下,阿博海巴只好硬著頭皮向王者之王提出請求,暗自希望遭到大王拒絕。但是,當他回來告訴尤傲結果時,臉頰下的兩條溝紋凹陷得更深,花白的山羊鬍不時抖顫,整個人走了個樣。因為,王者之王准許尤傲回鄉。

在這場決定命運的會晤隔日,王者之王的部下前來,將尤傲從他朋友家帶走。那時太陽尚未升起。他們架著尤傲的手臂,奔跑出城,四周寂靜,只聽見腳步聲與規律的呼吸。他們將他帶到一片吉貝樹林,在那兒,最深沉的黑暗統治大地。許多帆布搭成的三角錐,既窄又尖,圍出一塊空地,中間已挖出一個深洞。一名男子,頭戴面罩,使勁將一座由兩半頭顱捆合而成的小鼓搬到尤傲身邊;鼓身極小,不知為何須費如此大力氣。儀式主導人面向他站著,身穿祭典長袍,面具高高懸棲在上。葉叢高聳如天頂,等尤傲的視力漸漸習慣了從葉縫中透出的微光,所有這些細節似乎才從黑影深處一一顯現。像這樣,他發現有隻蝴蝶在面具上方擺動,但顏色漆黑,不是阿博海巴那隻。面具嚴峻地喊出尤傲的名字,命令他站上擱在腳邊的一只罈甕,回應訊問。問題接踵而來,簡短而明確。每次尤傲做出回答,小鼓就共鳴迴響。漸漸地,尤傲弄清楚了,發現自己原來正在描述他在紅河國度的這段時光。話語從他口中泉湧而出,小鼓狂亂伴奏,然而,他的頭皮一陣劇痛,可憐的腦袋隨即苦受糾纏。他有一種恐怖的感覺,字句根本不是從自己的嘴巴吐出,而其實來自那魔鬼般的樂器,每次擊響,都在他頭顱中久久共振。鼓聲放慢,他就開始結巴;鼓聲加速,他便再也無法控制說話的速度。到後來,他只能咕噥幾句,然後,口中終於再也

吐不出任何聲響。於是，一名祭司將裝滿他聲音迴響的葫蘆蓋上，纏上布條，擲入地洞底，接著以土掩埋。既已埋葬，尤傲最末僅存的理性話語就此永遠逝去。

再一次，尤傲又受熱病之魔擺布。他不知道為什麼，也不知道怎麼回事：一個美麗的豔陽天，他發現自己在一艘黑奴販子的船上，朝祖國航行。他回到故鄉，成了個外來客，沒人認識他，他衣衫襤褸破爛，終生乞討，半瘋半癲。他常倚在教堂雪白的牆邊，坐上好幾個小時，含糊不清地講些沒頭沒腦的句子，內容關於一個叫做紅河流域的國度，兩手一面揉捏一本舊書，紙頁散落不全。他稱黑奴為兄弟，想起王者之王就哭泣，那位黑人國王身著金衣、頭戴羽飾，是雄獅的後代，精通獸語的大師。所有人都嘲笑尤傲。

但是，孩童卻喜歡跟他在一塊兒，因為，在他頭頂上，總有隻蝴蝶飛舞，盤旋不去。

飲血皮鼓之屋

飲乳皮鼓之屋

「對獸談」年曆表

王者之王的親衛隊隊長

《至尊經》屋樓大門

紅河畔，堤岸上，《至尊經》誦讀大會

薩瓦納的白蟻城

挖苦樹林

挖苦樹果

燭架犀牛列隊

燭架犀牛
牠的角尖上頂著一群群磷光飛蟲

王者之王的寶座

話語葬禮儀式之面具

話語葬禮儀式之鼓,由兩半頭蓋骨捆合製成,
到了儀式尾聲,鼓會變得沉重無比,
只有祭司才抬得動。

存封話語的罈甕

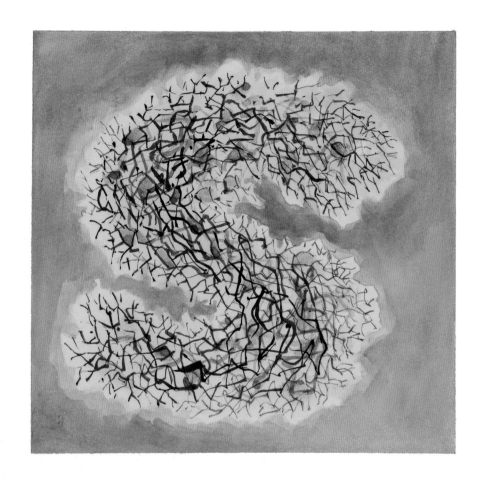

塞爾瓦叢林島

L'île de Selva

塞爾瓦島僅由一棵樹所形成，這棵樹占地之遼闊，枝葉之繁茂，竟致一木成林。
居住於鄰近群島村落裡的年輕人們來到這棵樹上，
在一次驚險的狩獵行動中，得到成年考驗之洗禮。

黎明前不久，兩艘獨木舟划向島嶼。它們沿著海岸靜靜滑行，任退潮之海水載到一片紅樹林蔓延的小灣。短槳前方，小小魚兒紛紛彈躍。一隻鱷魚宛如枯木潛伏，身軀扭擺兩三下，倏地游遠。獨木舟在一片沙濱擱淺停下。十二名少年從船上躍下。每個人都帶了一口網袋，套在額前以布條繫攏，裡面裝有幾根香蕉，裹在新鮮蕉葉裡，另外還有芋泥糊和椰果肉。身上唯一的兵刃是一把薄竹刀，插在樹纖編織的腰帶上。

歐皮尤克最年長，由他來開路──縱使他也尚未滿十六歲。他走在前頭，有時捆綁一束樹葉，或折斷一截棕櫚樹枝，這麼做只為一個目的：方便稍後回程時找到原路。整支隊伍，沒有人開口。紅樹林將他們四面八方圍繞，鬚根深搗泥床淤沙，支撐樹幹露出水面。

歐皮尤克試圖找出一條樹徑。他知道，這裡有上百萬

條樹根衍生盤結，糾纏不清，他必須找出哪些屬於大樹。因為，這整座島就只是一棵樹，而此樹本身又被千百株其他樹種占據，無數植物在此寄生，往四面八方生長，成為一座空中林園，供數不盡的生物棲息生養。蕨類與棕櫚成叢，苔絲成瀑，藤蔓處處延伸，遍島花團錦簇；觸碰撫摸之間暗藏陷阱：劇毒、勾爪、尖刺，攀爬而上，此起彼落，搖搖欲墜，紛紛滾落，無窮無盡之程度令人難以想像。這棵樹，樹首浮游九霄雲端，底部潛入陰曹地府。這一切，歐皮尤克都知道，一如他的父親與祖先知道得那般清楚。他緩緩前進，半個身子陷在泥濘之中，雙腳在詭譎多變的泥床中尋覓支撐點，雙手被所有能抓的東西刮傷。

一隻手在歐皮尤克肩膀上碰了一下。是波依，與他同一個奶媽哺大的乳弟。波依使了個眼神，望向一截扭曲的樹根，只略比人的手臂粗一些，無數新枝深植鹹海之中，彷彿一隻蜈蚣。少年們半爬半游，朝它前去，抵達之後，一個接著一個，踏上樹徑。那是條不折不扣的險惡艱途，既濕滑又蜿蜒，而且竟然逐漸上升，托拱得愈來愈高，弧度愈來愈大，鑽入岩石之間，撫探鐵樹的掌葉。路徑從樹根變成樹枝。事實上，這棵大樹並沒有主幹，只是朝所有

方向無限蔓長，像一條蛇，不斷盤纏扭轉。

歐皮尤克決定停下小歇。於是，在天與水之間某個位置，三條粗枝會合之處，少年們在此聚集。太陽漸高，天氣愈來愈熱。他們的胸口悶塞著一層濕熱的薄霧，汗流浹背，喘不過氣。他們以手勢交談；在這兒，文字不可運用，所有話語都是禁忌。

在他們腳下，霧氣積成厚重的雲，凡膨脹、萌發、滾過之處，一切淹沒；而後拉成一股股濃密的長巾，不由自主地，被樹頂葉叢吸引過去。幾縷雲朵碎片脫落，方短暫洞開，景物只從其中隱約可見。這整股雲霧升騰得好快，少年們動也不敢動，感覺似乎墜入一座逐漸昏暗漆黑的深谷。大滴雨點開始打落在他們身上，雨點由下往上打，愈來愈多，不一會兒功夫就成一片水濛，而他們所在的枝幹剛好用來遮蔽。一道道閃電在他們下方劈開。大樹邊緣被雷擊中，枝葉紛落，發出一股強烈的臭氧味。這陣急驟而至的「逆雨」風暴持續了如此之久，久到樹頂上烈日的熱度已升至當日之巔，但藏身於樹蔭中的他們絲毫未覺。

少年隊繼續樹徑上危機重重的路程。大樹扭曲的枝臂將他們全方位圍繞，漸漸沒入遠方一片淋漓綠意之中，無

形無狀，模糊消失。

　　黃昏竟已驀然降臨，少年們吃了一驚。他們蜷成一團，縮在矛鐵狀的大片樹葉下。到處滴水——隨著黑夜到來，大樹在流淚，滴下白天最炎熱時它噴灑至天空的那淚水。少年互相分享糧食。當暗影擴大，醜惡愈發深沉，會有哪些鬼魅在這裡出沒晃盪呢？一想至此，他們的心都凍涼了。最教他們懼怕的是灌木人。那是一種介於動物與植物之間的生物，全身布滿苔絲粗纖，平時懸掛在樹枝上生活，一聞到人的氣味，就一聲不響，慢慢接近獵物，令人絲毫無法察覺；到了深夜，趁著睡夢，將人悶死。接著，以唾涎包成人繭，等屍肉腐化爛透之後吸食。

　　沒有人敢真的睡著。蝙蝠在他們營地周圍嘎吱飛繞。黑暗之中，光芒一點一點亮起，彷彿星星排列星座，卻是一道道銳利的目光閃爍。大樹中迴盪起各種嚎叫，或神祕如謎，或悲傷淒涼，鴉鳴聒聒、窸窸窣窣、歇斯底里的狂笑、粗魯野蠻的嗝聲，構成一片刺耳難聽的合唱。還有，來自幽暗最深處，宛如遠方雷鳴隱隱轟隆，不時傳來的塞爾瓦飛虎的低聲咆叫，驚嚇所致的寧靜猛然湧現，劃破混合於黑夜中一團千百雜響。

　　一隻蜂鳥帶來吉兆，宣告太陽升起，讓少年們從黑夜之恐怖解脫。他們伸展四肢，活動慵懶的筋骨；忍住不打呵欠，以免四處晃盪的鬼魅趁機闖入。不過，納烏埃突然緊張起來，急忙用手捂住張開的大嘴。他剛才瞥見，就在那兒，一個灌木人走遠，像隻蒼老又疲憊的猿猴，緩緩消失在薄霧之中。如果，運氣不好的話，只要那傢伙看他一眼，他的靈魂就將失去：魂魄將永遠被囚禁在這座島上。

　　他們共享早餐，存糧又減少了些。周遭並不缺乏食物——各式各樣的水果、可食性植物，以及一點也不可怕的獵物可充當野味，但他們卻都被禁止取用。歐皮尤克和波依之間起了一番短暫的爭論，兩人比劃著手勢，想判定昨晚聽到的飛虎吼聲從哪裡發出。最後總算協議出要走的方向。他們朝樹頂走了一整天，在和前日同樣的時刻，再次讓暴雨淋個濕透。雨停後不久，他們終於發現了登島以來初見的響藤群，於是每個人都拿出小刀，找一條最適合自己的，一刀砍下，然後纏在肩膀上。在他們周圍的藤條拚命鞭抽、鳴響、蛇狀扭轉。現在，飛虎已經知道他們來了。他們艱辛地繼續向上爬升之考驗，幾乎能夠感受到飛虎的魂魄緊盯著他們，無法預測、殺氣騰騰、無所不在。

歐皮尤克停下了腳步。他仔細觀察他們剛才經過的地方良久。光線從葉縫中穿透進來，無論哪一個方向，視線都很明朗，不至於受突來事物驚嚇。許多枝幹騰空竄伸，各枝之間還算靠近，或許能從這枝跳到那枝；不過，洞隙仍嫌大了些，要在空中飛躍而過並不容易。這裡正是他們等待飛虎的最佳所在。男孩們分頭散開，各據一方，彼此之間調整到大約相等的距離。每個少年的雙臂、雙腿及上半身都纏上樹纖織布，然後將響藤的一端繫在腳踝上，另一端綁在自己足下的粗幹上。歐皮尤克和波依，最年長的兩名，面對面站著，聽得見彼此的聲音，中間卻隔有萬丈之深。

於是，他們呼叫飛虎。

他們開始對牠說話，先用非常小的聲音，諷刺嘲笑：「沒牙沒爪的老公公，氣喘吁吁的老頭。」接著稍微提高音量：「臭老頭，全身斑點小心眼，老鳥一隻掉出窩，又老又硬咬不動。」不過並未引起任何反應；於是他們使出全力叫嚷，扯開嗓子大吼：「沼澤裡的臭老貓，箭頭磨鈍失靈光，閒來無用守跳蚤，蛤蟆群中稱大王，無所事事愛扒糞……」

好大一陣咆哮應聲響起，而幾乎就在同一瞬間，一個形影從葉叢中躍出，直接撲向年紀最小的獵者歐伊普。眼看就要被抓，他只來得及往下跳，這才躲開猛獸攻擊；即使如此，從肩膀到腰間仍被撩出一道長痕。腳上的藤條拉住了他，在他墜地之前猛力晃動縮扯，發出響聲，朝上捲起。同一時間，阿多阿迪和塔爾朝飛虎彈跳追去，那猛獸則張開寬膜雙翼，繼續滑翔飛行，藉此轉移其他少年同伴的注意，同時少年們正懸空攀爬，就距飛虎躍出之處不遠。阿多阿迪發出勝利喊聲，他的雙手碰到了猛獸的毛皮。飛虎一百八十度大迴轉，發出怒吼。杜爾、波勒和尼力亞也身手不凡，展現空躍本領，盡量靠近那頭飛獸，波勒甚至非常幸運地被銳利的尖爪刺中。另外兩名少年足纏藤纜，單腳旋轉，從空中快速趕來。飛虎變換滑翔方向，對付這些新目標，他們竟敢對牠又喊又叫，不把牠當一回事。牠跳上一枝樹幹，再跳上另一枝，接著奮力一躍，又高又遠，然而，背部卻被一個人撞上，令牠不得不再度改變飛行路線。牠迴轉身軀，出其不意地猛烈一抓，撕傷羅埃克的大腿。而尼歐瑪則已做好準備，隨時就要跳下。

飛虎似乎已經明白遊戲規則。現在，少年們必須提升技巧，加倍靈活，才能拂掠到牠的皮毛，並且不致受太嚴重的抓傷。圍繞猛獸的圈子愈舞愈小。他們驍勇過人，在空中縱身飛躍，一次又一次驚險萬分地從高處躍下，凌空交會，就在距離野獸獠牙利爪兩指之處，展現各式招數與翻滾流線，相互較勁。同時，隨著少年們的律動，繫在他們身上的響藤也時而縮彈，時而滾捲，時而拉長。至於飛虎，牠已初步平息怒氣，不輕舉妄動，故意避開他們，並等候出手時機；減少跳躍，抑制猛衝，偶爾在最後一刻揮劃一爪，在離牠最近的耍猴戲跳躍者身上留下印記。牠決定不發動致命攻擊，或許好奇地想看看，這些氣味淡乏的鳥人究竟能瘋狂到什麼地步。不過，他們的氣息與牠的混合在一起，而且他們皮肉光滑，傷口淌著鮮血，這一切又勾撓著牠的食欲。牠有些衝動，思緒翻攪、嘈雜、混亂，卻依舊能平穩操控，長距離滑翔，並隨時隨處跳躍。要在起飛之前擒住一、兩個小人，對牠來說，其實易如反掌，但若要大開殺戒，牠想在空中進行。

受害者就是納烏埃。由於清晨所見之景象，小少年一直有種預感，覺得自己末日將至。在薄霧中瞥見的那個灌木人，趁他受到驚嚇時，就已從他張大的嘴巴深處偷走了他的靈魂。因為這個緣故，現在的他恍恍惚惚，人在心不在。猛虎在飛行中擄獲納烏埃，尖爪插入少年的後頸。這一擊力道猛烈，牽繫納烏埃的藤條啪啦扯斷。歐皮尤克和波依立即跳到猛獸背上，但即使小刀深刺兩肋，牠仍不肯鬆手放開。響藤繃得太緊，一陣激烈晃盪，將兩名小獵人突然往後拉扯，飛虎於是趁機擺脫這些煩人的傢伙。

在較低的地方停下，飛虎逐漸調節平復，同時確保獵物到手。接著，牠再度起飛騰躍，帶著戰利品，準備回洞穴飽餐一頓。

歐皮尤克割下納烏埃剩下的藤條，捲收妥當，放進自己的網袋。少年們將傷口繃纏起來。他們為陣亡的伙伴納烏埃歌唱了一整晚。不過，隔日一大清早，回程的路上，失去伙伴一事幾乎不再讓他們沉痛哀傷。他們輕快迅速地爬下樹，對傷口感到驕傲，賣弄靈活的身手，克服樹徑上各種障礙：彈躍、滑溜、跳高，一點也不怕可能隨時墜落，從此揮別人世。他們歡笑著度過半日暴風雨，在天黑之前回到獨木舟上。

回到村莊後，少年們受到熱烈歡迎，村民為他們慶

祝，將他們當作成人看待。大家討論他們的英勇，評價他們的傷痕。他們展現不同以往的敏捷、力量與勇氣。他們每個人都從飛虎身上偷到一點猛獸的功力。慶典之中，納烏埃殘留下的藤條被燒掉，他的名字隨灰燼消逝。今後，他將回到塞爾瓦島上生活，披著全身斑點的老人皮囊，熟知空中飛技所需的巧詐及膽識，等著年少獵人前來嘲弄輕侮，等著將利爪伸向他們，並且，毫無疑問地，準備好要從中扣下一份新貢品。

逆雨

灌木人

飛天蛇

塞爾瓦飛虎

樹徑

響藤生長區

洞房

塞爾瓦島上的
懸空村落

新婚夫婦。
獵飛虎行動宣告
訂婚期開始。

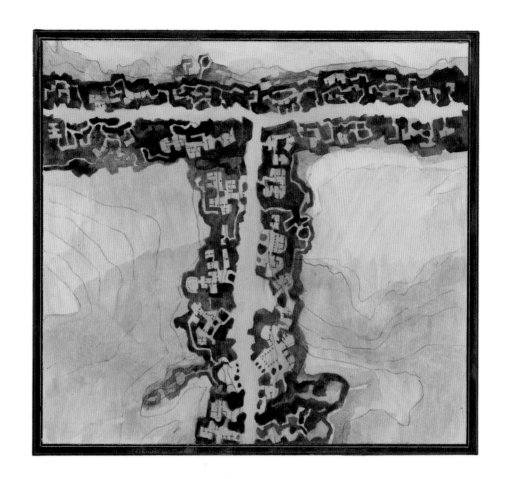

穴居國

Le pays des Troglodytes

一次大地震摧毀了穴居國文明，那是一個崇拜月亮的部族。
多年以來，該國遺址上的廢墟吸引了無數盜墓者與藝術愛好者。
然而，在伊波利特·德·馮塔里德之前，未曾有人挖掘出「竊得之日」慶典的各種儀式遺跡。

「旅行不帶器材和行李，這樣最理想了！說說，多少箱櫃遺失不見，器具毀損失靈，皮箱刺出破洞，帳篷扯出裂縫，還有那一大堆該死的瑣碎行頭，本身就已經夠重了，還得一路擔心該怎麼保管！」

山徑上，每轉一個彎，攝影師伊波利特・德・馮塔里德就咒罵一次。但他忘了自己其實和帶上行李的狀態也相去不遠，而且他那裝有一百四十八本書的書架背在挑夫的肩上，重量可不算輕。在穴居國裡，沒有一條道路安全可靠，腳下的岩石隨時可能崩碎。遠在古代，最早的遊記文獻中就已提及，這個國度「鞍轡彎頭全無用」，也不存在任何馬路能行車。先不說別的，那裡的挑夫千古不變，仍是那些滑頭——體型粗壯，頭縮在肩膀裡，腳掌寬闊如駱蹄，長髮濃密，揪成一絡一絡，又油又膩、布簾般披罩在臉上，冬天時呵出朵朵白霧氣，簡直像一頭長毛獸。

伊波利特回想起，昔時穴居國貴族稱呼他們時所用的

說法──「兩腳驢」。形容得可真妙啊！跟驢子一樣既頑固又沒見識！只是，沒辦法不用他們。一開始背載貨物的時候，或許有點前後晃盪，不過，一旦重心固實了，挑夫們搖震起來穩若高塔，還有本事平衡踏上繩索，穿越最深不見底的懸崖。歷經四個世紀，他們仍存在；而貴族，則早已消杳絕跡，在鑿於山壁中的宮殿裡，殘跡所剩無幾。

所以伊波利特還是僱用了幾名挑夫，另再聘請拉札爾幫忙辦事。拉札爾已隨他出任過前兩次行動，是一名多格曼*，算是一種翻譯兼嚮導。毫無疑問，這傢伙必定連拐帶騙地占了他不少便宜，不過，卻也省得被其他掮客敲更多竹槓。進行這一類探險活動，不可避免地得打通許多關節。那些土匪惡霸，都得一個一個去收買；而他們討價還價，壟斷各種探勘准許令、通行證、糧食供應，還沒算上強行徵收的挑夫稅。這就是這個國家的痛處，昔時光榮強盛，今則過一天是一天，距離主要幹道遙遠，販賣古代遺跡：人們到這兒來主要是為了參觀廢墟。山壁凹穴中的宮殿，至少，還僥倖逃過地震一劫，保存了下來；不過，在親眼見到之前，最好具備過人的耐力。道路皆被封鎖徵稅，由大隊官僚把持，他們平日昏昏欲睡，只在有新旅客

*編註：「drogman」，或作「dragoman」，是近東地區對「口譯、嚮導」的稱呼用語。

到來時才醒轉。等得太久，他們的手爪變得遲鈍呆滯，人們從中接過瘦薄了的荷包和煩躁不堪的火氣。

新近不久，在這塊區域裡，考古學家和盜墓者之間展開了一場激烈的競爭，凡是還能啃的骨頭就立即撲上不放過。伊波利特・德・馮塔里德卻非為此而來。他不是寄生蟲，也不是掠奪者。他只拍照攝影。事實上，他們在每一個關卡都不該對他勒索徵稅，反而要付錢給他才對。他保存古物，見證歷史，而且克服多少困難，付出多少代價！攝影這門學問才剛起步，不僅要懂得如何發揮魔力，更需要可觀的裝備。在挑夫們搖晃不平的肩膀上，各種器材顛顛簸簸、滾上滾下，跟蹣跚跛蹌的伊波利特如出一轍。

一路走到了狹道底端，伊波利特命人搭起營帳，然後眺望雕鑿在絕壁上的雄偉門面。這個景點極為壯觀。地圖上所記載的名稱令人毛骨悚然──「鬼門」。狹道最頂端連結一座垂直山谷，形成一個「T」字形。這座山谷的峭壁中藏有上千墓穴，古時候，這個國家的低下階級──「無依族」，便在此安息。夜晚尚未降臨，但是，四周峭壁高聳，僅留下一線天光，這谷底已顯得十分昏暗，給人一種感覺：人類的出現並不受歡迎。挑夫們拒絕在此過

夜。他們商討了一陣，大聲斥責嚮導，而拉札爾則頻頻詢問伊波利特。爭論如暴風雨般激烈不休。最後，只剩兩名挑夫願意留下，附加條件是收取雙倍費用。至於其他人，管他們去死！攝影師點燃一根小雪茄，極端不滿地表示，沒有他們自己也一樣能過得很好。

等嚮導準備晚餐時，伊波利特坐進帳篷裡。他從一口箱子中取出了幾本書，排放在一張折疊桌上：《穴居國史及一五四六年那場毀滅性的地震》，巴爾達札爾神父著；《月光石論述及其他地下世界之奇觀》；《地下王國周遊記》，杰爾維‧德‧泰勒馬克著。他另把一些地圖和前幾年所做的筆記攤開在桌上。此時嚮導過來通知他，晚餐已料理好。伊波利特打開一瓶上好波爾多酒，慶祝抵達自己尋覓多時的目的地。

回到帳篷後，伊波利特開始溫習他的筆記。穴居國的貴族還真是些可笑的傢伙，這一點毫無疑問。他們傲慢、貪婪、瘋瘋癲癲，卻又遵循嚴苛的教條，對於他們認為低下的人，則極盡自大輕蔑之能事。他們非常富有，命令貧苦的老百姓在地縫中挖掘月光石，然後以天價販售賣出。他們遼闊的國土上滿是岩縫地洞，一列列「兩腳驢」隊伍走過狹路隘道，穿越其間，送來各種珍寶供他囤積。那些傢伙把時間都用來締結或解除盟約，磨練嫉妒生怨的本事，讓心胸變得更狹小；抽絲剝繭地探究血統，在大名門與小貴族之間斤斤計較，挑選家世，眼看親戚失寵落魄，細細享受幸災樂禍的滋味。他們實在太過奸巧，天生善於算計，甚至能在百里之外耍這種卑鄙把戲。事實上，他們的外交及貿易途徑拐彎抹角，延伸到很遠的地方，手段迂迴、詭祕、晦暗，簡直可比他們位於地底的巢穴，如同那些無窮無盡的廊道、暗梯、冷宮，以及處處鋪陳著珍稀地毯與貴重餐具的寢室。他們自認長袖善舞，能遙控各帝國王朝；而且只要時機適當，便販賣女兒以締結新的盟約，絕不心軟。他們的使節在各國宮殿耀武揚威，密探們則躲在大內深宮貪贓勾結。

總而言之，那些洞穴中囤積了那麼多自大、陰謀及惡

意，致使上帝劈下正義之雷，巴爾達札爾神父在他那個時代如此寫道。地震突然摧毀了該國的繁華盛世，神父認為引發那場地震的原因只有一個──神發怒了。

不怎麼慈悲嘛！這位巴爾達札爾神父。伊波利特這麼想。有件事很確定，也很可悲，就是那整個世界竟於一夜之間全部崩毀。僥倖生還的人們帶著財產與家人出走，遠離昔時的宮殿。而今滿目瘡痍，深淵與陷阱遍布，簡直像一丘丘鼴鼠窩。有一小群貴族到窮人區定居，那裡受災較不嚴重。他們於是逐漸融入農村的下等階層──「無依族」、「兩腳驢」、手工匠和遊手好閒的礦工群體。

夜漸深，氣溫愈來愈涼。攝影師拿了一條被毯裹住肩膀，點燃另一根雪茄，給自己斟上一點干邑酒。桌上，一尊穴居國盛世時期的許願小雕像柔和地發著光。這尊像以月光石雕成。這種石頭半透明，呈乳白色，散發近似月光的光亮，強度隨月亮的週期變化。古時候，人們深入地底，藉著它在漆黑的地廊中所發出的微弱光芒，抵達它「誕生」所在之礦脈。開採之時，須採取數不盡的防備措施，以免不小心將它弄碎；帶上地表時要先用黑色厚布包裹，以防熾熱的陽光照射。在災難徹底摧毀礦坑之前，月光石是這個國家的財富來源。人們用它製造珠寶、鏡子，還有酒杯；某些夜裡，貴族用這種酒杯飲下一盅純淨的清水，杯中映出一輪完美皎潔的滿月。

多麼奇怪的民族，一切都跟別人相反，伊波利特心想。他們的情緒由月亮主宰。

在朔月轉盈這段時期，他們什麼都敢動手進行，當圓滿的十五望月高升夜空中央，他們神采奕奕，散發光芒；而後，受望月漸虧之影響，變得黯淡麻木，最後只能焦慮地等待新月再現。老百姓在烈陽下曝曬焦黑，貴族們則誇耀自己蒼白的膚色。沒錯，果真是夜晚控制白晝……想到這兒，伊波利特閉上了眼睛，沉沉睡去。

拉札爾天一亮就叫醒了他。山谷中繚繞著一幕厚重的霧氣。一名挑夫出去找水。伊波利特稍微梳洗了一下。他享用了一杯咖啡，同時，在他上方，陽光照耀之下，一個個洞窟逐漸顯露出來。上一次出任務的時候，他已經把所有洞穴都拍攝下來了。兼備畫家與建築師的才情，他深愛與光影往來交易，知道如何將鑿於岩壁上的宏偉成分突顯出來。然而，在洞穴內部，高闊的拱廊下，他卻沒能攝下

壁畫的絲毫蹤影。很可惜，幾乎所有的畫作皆已褪去了痕跡。需要運用極為豐富的想像力，才能隱約看出裝飾畫上的形物，一些看似鬼怪的東西，揮舞著一大套滑稽的狼牙棒。特別是頭臉部分，非常模糊難辨。人們說，那些鬼怪其實就是看管鬼門的守衛。他們負責監視墳墓山谷中的靈魂。根據史學家的說法，他們的眼睛乃以月光石粉畫成。滿月的夜裡，那些瞳孔散發異常駭人的光芒；而後，每天晚上漸趨微弱，直到完全漆黑不見。在新月期間，貴族們徹夜不睡。他們不眠不休地敲打鑼鼓，驅趕遠方不潔的靈魂，以防惡靈趁著門神眼盲，溜進他們的宮殿。他們焦躁不安地盯著天空，捕捉上弦月的身影。這一切足以解釋此處那稍稍不祥的氣氛。對貴族而言，鬼門可說是一條恐怖通道。

伊波利特清點他的裝備，沒有任何東西在旅途中受損。即使是那些最脆弱的物件，如暗箱、鏡片、藥水，還有他以天價買來的十幾塊月光石——他畢生財產因此去了一半——一切器材都在完美狀態。再一次，他慶幸自己將事情託付拉札爾辦理。這位嚮導曉得要聘用一隊優秀的挑夫，公平分配工作分量，並儲備兩個月分的糧食。

伊波利特希望能在兩個月內結束工作。上一次旅行至此處時，他注意到，在距營地約三公里左右的地方，崩塌的亂石堆中，暗藏著一條通道。從那時起，他便著手蒐集現存所有關於鬼門的文獻。地圖、路線圖、剖面圖、見證文字，所有資料指向同一個事實：這堆亂石其實是一座古老洞窟之所在，大門已消失在瓦礫之下。可能性雖渺茫，但或許，內部廳室僅被石堆阻塞；更或許，裡面還殘餘著完好的壁畫。他正是為此重遊舊地。伊波利特對壁畫上的門神鬼怪深深著迷，難以自拔，他認為，若不能永久保存一幅影像，那他至今所有的作品都算失敗。

他手持羅盤，和拉札爾一起出發去探勘岩壁。兩人很快越過懸在最後一座洞窟上方的尖峭，來到一塊突出的岩盤上，地圖上標出的斷層就從這裡開始。伊波利特點亮一盞燈籠，鑽入蜿蜒崎嶇的岩褶之中。他有時蹲下膝蓋，有時彎下背腰，逐漸深入岩石下方。崩塌的牆面零散一地，他只得一再轉彎繞路。過了一個鐘頭左右，拉札爾前來與他會合。兩個人比較各自搜尋的結果。沒有任何可能的入口。除非到瓦礫下挖掘，但石塊太大，並不可行。最後是在回程的路上，拉札爾發現了疑似通道之處。他們經過這

個地點不下十次，但這條縫隙被一面梯形牆飾遮住，幾乎看不見。壁縫中藏著一條像是天然階梯的路徑，直落急下，角度十分傾斜，一定得採「之」字形走法才行。兩人之間繫上繩索相連。他們一直走到一座小廳。踩踏過去，地面下聽起來是空的。

隔日，他們再度前來，帶上那兩名挑夫及開山挖土所需要的器材。幾人協力，一鍬一鏟地，把地上一個缺口挖大。接著，伊波利特繫上一條繩索，從洞口滑下，雙腳落地，就著燈籠的微光，發現了一座寬闊的畫窟。其他三人一一下來與他會合。眼前的景觀教人屏息。上百尊鬼像，衣著繽紛鮮豔，姿態千變萬化，布滿洞穴所有壁面。他們揮舞狼牙棒、短木棍、形狀複雜的鐵戟，似乎隨時就要撲向入侵者。兩名挑夫啞口無言，五體投地。伊波利特評論的聲音在拱頂下迴盪，在他們耳中聽來，簡直太褻瀆這些畫像。幾盞燈籠照亮了一個曾經消失的世界，而突然復活了的過去，在燈光下脆弱輕顫。

伊波利特朝壁畫湊近。他以攝影師的角度審視那些圖像，仔仔細細，甚至連附著於牆面上的顏料顆粒也不放過。所有鬼像都閉著眼。他們的眼睛上加畫了眼皮。伊波利特知道原因。那與大地震的日期有關，災難發生在「竊得之日」慶典期間。

穴居民族採用陰曆計月，不過，和當地許多其他民族一樣，他們也留意到，應想辦法讓日期與陽曆年吻合。陰曆月比陽曆月短，所以，每三年須加入一個閏月，才能跟上太陽的週期。在這一個月內不需工作，人們歡慶「竊得之日」——不計算在歲月中的這段時日。

蓋眼儀式為「竊得之日」揭開序幕。在新的一年到來之前，在另行插入的這三十天之中，眼皮畫在鬼像的眼睛上，遮蔽他們的目光。而一個月之後，根據同樣的傳統，由開眼儀式來為這段假期劃下句號。在兩次儀式之間，貴族暫時將特權拋在一邊，反過來侍奉「無依族」之王。這位滑稽之王由國內流浪漢中最可憎者擔當。貴族們為他抬轎子，對他所下的任何命令絕對服從，他所要求的事項皆立刻照辦。每天晚上，人們來到鬼門聚集，跳舞、歌唱、在畫窟內飲酒，大肆喧嘩狂歡。那股歡樂的氣氛已超出極限，無法控制，全面侵襲整個群體，打破禮教，抹滅所有階層藩籬。紅豔的火光映射出舞者奇異的身影，陷入迷炫不安的狂熱。

這一切，鬼像們完全沒看見，因為他們的眼皮閉上了，目光仍得以保持純淨，不受汙染。而且誰曉得，說不定，墳墓谷中那些受詛咒的靈魂，趁著守門神眼盲，也混進慶典中一同作樂了呢？

伊波利特拿了一條沾濕的手帕，輕柔小心地擦拭一位守門鬼神眸上的眼皮。眼白漸漸顯露出來，在幽暗中散發微光，因為，那眼睛是調了月光石粉畫上的。伊波利特接著揭開第二隻眼：長眠了三百多年的鬼怪就此醒來。倒是挑夫們連忙遮住自己的眼睛。拉札爾試圖讓他們安心，但他本身也不敢太過莽撞造次。四人陸續離開洞穴，留下那名鬼怪，其餘兄弟仍沉睡著，唯他獨醒……

可惡的笨重器材！他們整整辛苦工作了兩個星期，才把所有設備搬進畫窟中。疲憊不堪的兩星期，那路程若單單行走，其實只要一個半小時就能抵達。但他們必須動手挖掘，將山壁上的縫隙鑿大，架設支撐，打造一段臨時樓梯，將貨箱一只一只搬運下去，並推土整地，拓出一塊寬敞平坦的地方，以便容納暗箱。這段期間，他必須不斷安慰挑夫，甚至是拉札爾，他們時常抱怨聽到莫名的說話聲——至少，的確有些聲響從石塊的肚子發出。他

們害怕困留不去的回聲，遊魂般的哀怨嘆息，以及其他一大堆迷信，使工程愈拖愈慢。伊波利特使出渾身解數，威脅、懇求、拍胸脯保證、大發雷霆，用盡各種辦法，換取半天或幾個小時，增長他們工作之勇氣。

他每天都到洞穴裡，三餐都在那兒進行，不眠不休地工作。他危顛顛地站在梯子上，用一條浸了溫水的布，拭去所有畫像上的眼皮。在鬼怪們的注視之下，他架設起暗箱，檢查鏡片，準備顯影液，清洗感光片框。他快樂得不得了，吹起口哨。他有個偉大的構想，絕妙的點子，計畫拍攝月光下的壁畫。怎麼做呢？當然不能在崩塌的山壁牆角上開一扇窗：那可要搬挪幾百噸石塊才行呢！不，伊波利特·德·馮塔里德的想法是：利用月光石神奇的特性。他帶來十塊寶石，經過計算，分別放在不同的角落，這樣的擺設方式，使得它們的光線在暗箱前的牆面上合而為一。透過足夠的曝光時間，伊波利特希望能拍出近乎完美的片子。不過，還要等上幾晚才到滿月。那時，月光石的亮度也將增至最強。目前，那些半透明的石塊仍罩著厚厚的黑布休眠，不見天日。

但伊波利特等不及了。他心急如焚，好想按下快門，

照出幾張片子。他找到了唯一一座保存完好的畫窟。他擁有當代最好的攝影器材，而且還悉心改造得更精良。他是攝影這門新藝術的大師之一，才華洋溢，良機在握。於是，當新月成形升起，從山屏峭壁的另一側還看不見時，他就開始拍攝一系列照片。月光石上的黑幔揭去，散發蒼白的光，微弱而絲柔，驅走了洞穴中的暗影，細緻的光芒在牆上呈現那些精彩的鬼怪畫像，勾勒出他們懸空舞動的姿態。而在伊波利特暗箱的毛玻璃片上，他們的模樣上下顛倒，淹沒在衣裳長巾之中，眼珠倒轉，身軀支撐在揮舞於頭頂上方的狼牙棒。攝影師拍攝沖洗了十幾張片子。一敗塗地。照片全都漆黑，曝光不足，不肯存取一絲光線。但奇怪的是，牆上的畫似乎同時也褪去一層顏色，彷彿失去了一些存在感。

伊波利特遲疑起來，不敢繼續試驗下去。他把月光石用布蓋好，回到營地。有好幾天，他心灰意冷，完全提不起勁。然而夜空是那麼地潔淨，那麼地光亮，於是他又拾回勇氣。抱著一種不成功便成仁的心態，他在滿月之夜回到畫窟。在洞穴中，他架設好器材，等待吉時良辰，在最理想的時刻，洞穴之外，天上的銀盤將升至最高點。到了子夜，他揭去月光石上的布幔。一種美妙的光，飄渺虛幻，皎潔的月光照映滿室生輝；而洞穴中突然滿布星辰，幾百對星光雙雙亮起。那是牆面上鬼怪畫像的眼睛，黝黑的眼珠神采奕奕，在映出七彩光澤的眼白中間雀躍閃爍。

伊波利特隱身鑽入暗箱的斗篷之下。

他每捏下快門的梨形球鈕一次，壁畫的色彩就褪逝一點，被盜取光線的相機擄走。洞穴再度陰影籠罩，被黑暗吞噬。不過，更糟的是：攝影師每沖洗出一張相片，就更添一股焦慮及失望。那些感光玻璃版上一點動靜也沒有。僅僅一抹蒼淡影像，模糊、不明確，在表面淺淺一顫。

月光石塊完全變了樣。若它們非無生命的石頭，那簡直可說是病了，被這場歷練累倒了。原來和煦的乳白色澤蒙上了黑影，染上一團汙灰斑點。一種像泥漿的東西擴散開來，包住了光源，悶堵了石心，潮溽了光潔的表面。

拉札爾和挑夫們把器材收拾好。幸好來的時候整通了這條路，他們只來回兩趟，就把所有用具清運回營地。

隔天，伊波利特連忙去看箱子裡的感光版。他將玻璃片一張張拿出來——每一張都呈現那種可悲的灰暗。

他把玻璃一片片打碎，然後，氣沖沖地，拿起斧頭將行李全都敲爛，連昂貴的暗箱也不得倖免：「一團迷霧，我就只照出這玩意兒！以後永遠別再跟我提什麼壁畫，什麼畫窟！根本就是場天大的玩笑！我竭盡心力所能拍攝的，就只是一團迷霧！」他頹倒在一塊岩石上，久久坐了好幾分鐘，精疲力盡，再也說不出任何話。拉札爾試著安慰他。兩名挑夫則候在角落，像平常一樣，沉默不語。

隔天，一行四人離開營地，地上滿是伊波利特狂怒後留下的玻璃碎片。

幾天之後，兩名挑夫在夜裡悄悄回到荒涼的山谷。他們低著頭，到處逛，翻看散落一地的碎片。較年輕的那名

挑夫忽然驚呼一聲，站直了身子，手中揮動一塊玻璃，那是攝影師敲破的一片感光版。他在片子上呵氣，用衣袖擦拭了幾下。月光下，玻璃片上，像從最底層透出來似地，灰暗的霧團之中，緩緩顯現出一些人物。

看得出是畫窟中的鬼怪。但令人費解的是，他們的眼皮又都閉上了。而在鬼怪前方的其他人物，輪廓則更加清晰，逐漸現形。他們的穿著與古代的貴族和「無依族」一樣，正在洞穴中跳舞歌唱。伊波利特打開了沉睡鬼怪的眼睛，同時喚醒了困在時間中的亡者，當時既非舊年之結束，亦非新年之開始──他確實拍下了「竊得之日」慶典中的幽魂們。

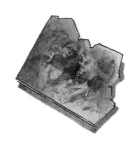

大地震

巴爾達札爾神父

月光石許願像

月光石會發出和
月亮一樣的光芒。
在運送到地面之前，
須先用黑布遮蓋。

伊波利特·德·馮塔里德在廢墟中工作。

月光石礦坑

蓋眼儀式

「竊得之日」節慶

穴居國的貴族夫婦

盜墓者

「兩腳驢」

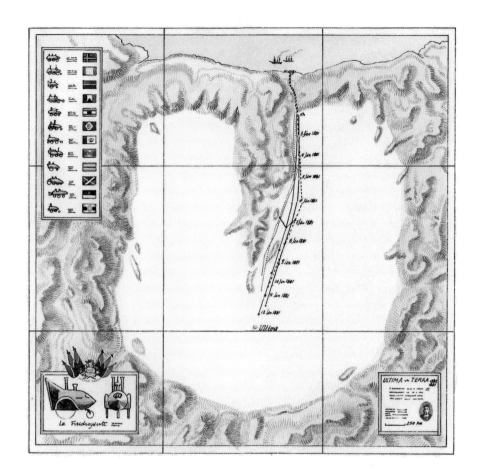

終極石沙漠
Le désert d'Ultima

在最近被發現的一塊新大陸中心，舉行著一場競賽：
十二個國家分別租聘各種奇特機器，正在相互較勁。
哪一支隊伍率先抵達位於沙漠盡頭的終極石，這片新疆土就歸該國所有。

　　歐內欣‧提波羅爬上通往外部走道的金屬梯。熱氣球駕駛員已將熱氣球與絞盤的纜繩接繫綁好。一名軍官登下吊籃，前來彙報。他先向歐內欣敬禮，然後遞上一份手寫檔案，裡面記載著他的觀察報告：天氣靜朗，能見度絕佳，風勢極弱。「雷電號」始終保持領先。其他對手都變成了地平線上一縷薄煙，有的甚至已經消失不見。歐內欣點點頭，不多顯露滿意之情，僅問：「沒其他的了嗎？」軍官於是提報，遠在幾乎看不見的後方，有一輛機艦翻車，衝出路外，十分危險，可能是導航上的缺失，或機械上有故障……是否應該給他們打信號，提供救援？歐內欣一道眉毛挑得老高，不屑搭理。他在報告上簽了名，還給軍官，然後，走到通道前方，簡短地觀看了一下無雲夜空中剛升起的幾顆星星。熱氣球已經用絞盤拉下，收妥在艦艙中。組員和軍官們一個個從艙口滑下，進入艦艇側翼。

駕駛廳中一片昏暗，刻度表上的微弱光線映在組員臉上，看上去如鬼魅一般。機艦從五臟六腑深處發出悶重的轟隆聲，然後傳到所有部位，直到它巨碩艙殼周邊最遠端的鉚釘；同時，從它高大的煙囪裡，不斷吐出兩股棕紅黑煙，其中混雜著熾熱的煤屑。艦隊人員作業的地方是一個金屬包艙，在那裡，人類微弱的聲音完全不敵那被強力悶扼住的雷鳴巨響。歐內欣將駕駛桿拉到「全速前進」的位置，而接下來的幾秒鐘，「雷電號」搖晃起來，整套艙骨都在顫動。歐內欣留心看著儀表板及流體壓力計上的變化，肢體則注意機艦慣常的擺盪，他一直留在崗位上，直到艦艇加速到巡航速度，發出呼嚕呼嚕的鼾聲，像隻體型如鯨魚的貓。

關於這輛機器的一切，不消說，他閉著眼睛都能如數家珍。大約三年之前，新殖民地部長將他召進辦公室，告訴他這場比賽的事情及其重要性時，他一點也沒想到，這場歷險會使自己的人生和工作發生這麼大的改變，即使那時他已設計出「雷電號」的草圖。上級突然派他擔任機動工程師，並派一隊機械專家協助，他立即走馬上任。一年之後，「雷電號」的初版原型開始做實際測試。在不斷改

善之下，「雷電號」一個月比一個月更精良，但它的性能始終是最高機密。接著，它被拆卸分解，放進貨艙，搭乘一艘為裝載它而特別租來的船艦，前往位於新大陸的對蹠點。抵達港岸，卸下所有外殼和零件之後，還必須陸運行經艱險的路徑，穿越層層滿布尤加利樹林的山丘，一路來到一座大沙漠的入口。該地位於一座天然冰斗之中，競賽起點的基地就架設在此：一座帳篷與機棚、油槽和煤庫搭起的城市，在飛揚的塵土中狂躁發熱，忙碌而擾攘。各國國旗在高高的桅桿上飄揚，眾多技師、工程師、軍人、外交官員和記者進出攢動，位在他們中心的，是那些閃閃發亮的鋼鐵怪獸，一輛輛居高臨下，身形巨大，宛如人類蟻窩。

根據一份共同協議，為爭奪這塊大陸——綿延不盡、未經開發的遼闊大地，各國政府對之覬覦程度不一——共有十二個國家相互較勁，他們同意，在剛被熱氣球探險家發現的中央大沙漠上舉行一場比賽，優勝者可獲得統治整個地區的絕對權力。古老大陸上，這個主意讓人們陷入瘋狂。這代表一個新時代就此開啟，和平征服的時代已經來臨。將軍統帥個個老謀深算，也都贊成這種仲裁方式。反

正，菁英工程師和優秀操作員皆隸屬軍隊，而研發競賽艦艇促使科技進步，這些成果也將應用在軍事上。說穿了，這是另一種戰爭模式——賭注沒變，只是規則不同。

中央沙漠，是一座廣大的沙質盆地，坐北朝南，除了高度低於海平面之外，另有一個特點：放眼望去，只見大地無邊無際，沙土的平坦度、密度、規律性，全部完美一致。沙漠中央獨豎一塊岩石，彷彿汪洋中的孤島。那塊岩石是指定的比賽終點，並被稱做「終極石」。第一支抵達這個地點的隊伍將在此插上國旗，從此整座新大陸將由該國統治，而這片區域在地圖上早已有了官方名稱——「終極大地」。

為了避免白天的高溫造成機械過熱，艦艇應在夜間航行。賽事的困難度因而提高。每艘艦艇上都配有兩名評審，他們保持絕對中立，負責糾舉違規事項，並在隊伍成功抵達時核准優勝資格。

當一切準備工作終於完成，穿著禮服的部長們逐一視察過艦隊及官兵；當眾人面對飄揚的旗幟，一手放在胸口，雙眼盈著淚水，唱完國歌；當最後一次機件檢查執行完畢……嘈雜哄亂之中，砲聲震天一響，十二艘機艦轟隆發動，噴出濃煙，向前衝出。它們行經之處，揚起一陣漫天紅塵，將所有燈光、喧鬧、擁抱和拋向天空的帽子都吞捲進去。

第一晚，所有機艦幾乎可說是並肩齊行，像是一批巨獸，為了鼻尖前一片不知什麼的鮮嫩牧草，隨時準備打鬥一番。有時候，它們會出其不意地加速，測試對手的反應，但同時又小心避免顯露太多真功夫。不過，由於每輛機艦的設計各異，到了第二晚，戰況便已有了初步差距。於是，各隊組員必須依據機器的優缺點，琢磨更好的比賽策略。之後，機械故障的狀況開始出現，第一次的逆轉發生，原本領先的克拉藍提隊，機艦一輪爆胎，在沙塵之中暴衝，鍋爐爆炸，車殼破裂，只好棄權。接著，無可避免地，旁門左道的招數也現形了：西多馬哈維的艦隊眼見勝利無望，乾脆對東多馬哈維代表隊開火，而東隊也不甘示弱，立刻反擊。比賽中當然嚴禁以砲火攻擊競爭對手，此

外，其他隊伍的機艦上根本沒有安裝大砲，原因很單純，為求速度，應盡量減輕重量才對。不過，對於兩國將長期以來的敵對以另一種方式搬上檯面，大家早已見怪不怪，唯獨訝異他們本事真大，竟能逃過檢查，而審查團的「天真」也叫人匪夷所思。反正最後，兩艘機艦互相摧毀。如此一來就又少了兩個競爭對手。

對其他隊伍而言，比賽仍持續進行，這意味著身心疲累，白日休息時關在金屬艙中受悶熱煎熬，同時忍受熱氣蒸出的油膩臭味及煤灰紛飛，晚上被機器震耳欲聾的巨響環繞，鍋爐張著紅通通大嘴不斷要煤鏟餵，搖桿與活塞瘋狂顛動，蒸氣竄出尖銳的鳴聲，輪跡拖曳得好長，沒有止境，全朝終極石那一點伸去，但那石頭卻彷彿長了腳似的，各國機艦怎麼樣也追趕不到。

「雷電號」在第七天晚上取得領先。歐內欣・提波羅熬了幾夜沒睡，雙眼通紅。他注視著前方，在機艦大燈照耀之下，沙漠隱隱得見，行過之後，隨即消逝在漆黑之中。不安的吞併行動，驚惶失措地逃進未知無垠。但是，歐內欣感覺得到，這艘沉重的艦艇，以艦首尖端劃破絲絨

般的黑夜，不僅馬達蠻力十足，腹艙裡還裝載了更多其他東西。金屬與鑄鐵，因人類的體重及汗水而更加沉重的機器、計算、錢幣與文件，新加入的人員，帶著他們的工具及更艱難的想法，貪婪而積極，且有一籮筐激進的道理；由這一切所構成的世界將排山倒海而來，湧入這道薄弱的空間缺口。因為，在這片廣大的處女地上，不見絲毫人類留下的蹤跡，一切尚待從頭。確實，是有那麼幾個土著，他們曾在途中偶爾遇見——零零散散的，什麼本領也沒有，毫無能力治理這片遼闊得讓眾人暈頭轉向、心驚膽顫的土地。土著之中最靈巧的，居住在海邊，靠沿岸捕魚維生，而出沒在森林和沙漠中的，則沒有任何堪稱本業的活動。那都是些瘦巴巴的可憐蟲，膚色深黝如焦土，眼睛漆黑如液態煤，眼中從不透露一絲情感。那些居無定所的遊民，啃樹根吃蜥蜴，酋長是幾名三十來歲的男性，戰士由孱弱的少年擔當，細瘦的腿好比鷺鷥，站都站不穩；女人則胸前永遠掛著一名嬰孩。這些成員聚集起來，勉強算是游牧部族，接受一些半癲半傻的巫師指引。所以，從法律的觀點來看，這整塊領土是一片「無主地」*，一片不屬於任何人的土地，難道不是嗎？那些窮光蛋怎麼能算是人

*譯註：原文「terra nullius」，拉丁語，源自羅馬法典。

類的一分子呢？正因如此，歐內欣更明白自己的角色有多麼重要。他與那些原始人之間隔著一道深深的鴻溝。他們簡直才剛走出天地初創之渾沌，而他卻相反，活在文明時代的最前端；比如他現在所指揮的艦艇，正是科學與技術的珍貴結晶。港口，還有礦坑，還有城市，還有江河之上各種大膽新穎的橋樑，帶著祖國色彩的這一切，都將跟隨那明亮的光環進駐，而就是在這團亮光指引之下，他頑強地在大漠中搜尋，彷彿命運之神必然對他微笑。畢竟，他膽識過人，且對手下組員和他的機艦信心十足。

領先的差幅愈拉愈大。其他隊伍已由競爭對手降級為追趕者，後來更變成點綴比賽的配角，三三兩兩地，遙遙落在後方，早已不冀望能與他爭奪冠軍。「雷電號」向前奔馳，馬力充沛，規律順暢。歐內欣令人端來一杯咖啡。他查閱地圖，驗算導航官呈上的數據，結果與他的估測吻合：距離終極石只剩三百二十公里，也就是說，大約明天半夜就能抵達。

黎明將至，他下令將機器速度放慢。目的地就在眼前，現在可不是演出「當機」的時候。日班組員接替夜班組，執行例行調節工作。歐內欣撥出幾個鐘頭讓自己小睡一下，「雷電號」小口小口地吐著蒸氣，和他一樣，也在休息。到了下午三點左右，哨兵發現一件微不足道卻又極為稀罕的事：有個人在沙漠中行走，是一名那種全身胡亂塗著白漆的土著巫師，看那只小羊皮囊就知道了，他們身上總有一只，走到哪帶到哪。是不是該給他一點糧食或飲水？歐內欣已睡醒，指示此事與見到蟲子一般，不需多加關注。夜晚降臨，觀測氣球升空，軍官帶回的報告與前日一樣：那縷神祕的塵煙還在，仍出現在地平線角落，幾乎看不見，好像遠遠跟著艦艇似的。「雷電號」重新上路，所有機件馬力開到極限，猛烈噴煙，全速衝向勝利。

到了夜裡，一陣烏雲罩下，遮去星光。天地漆黑如墨。從昨天開始觀測到的那縷塵煙突然湧現，迫近在前燈的亮光之中。沙塵如渦流旋轉，以一種不可思議的方式愈旋愈大，同時稍遠之處又有另一股旋風出現，上至夜空下連沙漠，掃過之處捲起漫天狂沙。龍捲風！駕駛艙中有人大喊起來。暴風開始撲打艙窗。

機械室裡，所有鍋爐吸入強烈氣流，突然堵塞停滯，隨時有爆炸的危險。銅製的進氣管發出尖銳無比的笛聲，

吊燈光線晃動。艙外,一根煙囪的固定穩索鬆脫,緩緩哀嚎傾倒。歐內欣下令停機,關閉所有艙口,但沒有用,因為現在颶風狂作肆虐,如脫韁野馬。「雷電號」抵擋著,顫動不已,宛如一頭頂風逆行的巨獸。然而,在風暴加倍威猛的攻勢之下,它開始顛搖,然後,在連串駭人的爆裂聲中,頹然倒下。

歐內欣未曾有片刻想到,這些沙漠中的小矮人,那些所謂的巫師,竟能支配封鎖在他們羊皮囊內的風。他咒罵厄運害人,在勝利就要到手時刻意作弄。他雖然受了傷,卻總算從事故與風暴中存活下來,並與一部分組員平安回到出發營地。一路上,他遇見其他艦艇,全都在最詭異的地點出事敗陣,各國隊伍皆折返,精疲力盡。

巫師未曾片刻想到,那些從觸角吐出臭黑煙的巨型昆蟲體內竟載有人類。事實上,他一心只想阻止牠們抵達石之根源,也就是佇立在大漠中央那塊神聖岩石。風暴結束之後,他將最後一股龍捲風收進小羊皮囊,掛在腰間。此後,在他們部落的語言中,沙漠這塊地方被稱做──「大甲蟲墓塚」。

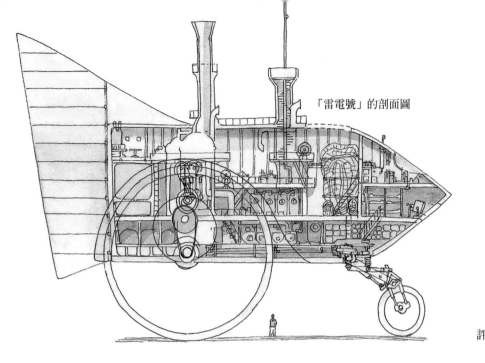

「雷電號」的剖面圖

評審正在打旗號

觀測終極石

競賽出發陣營

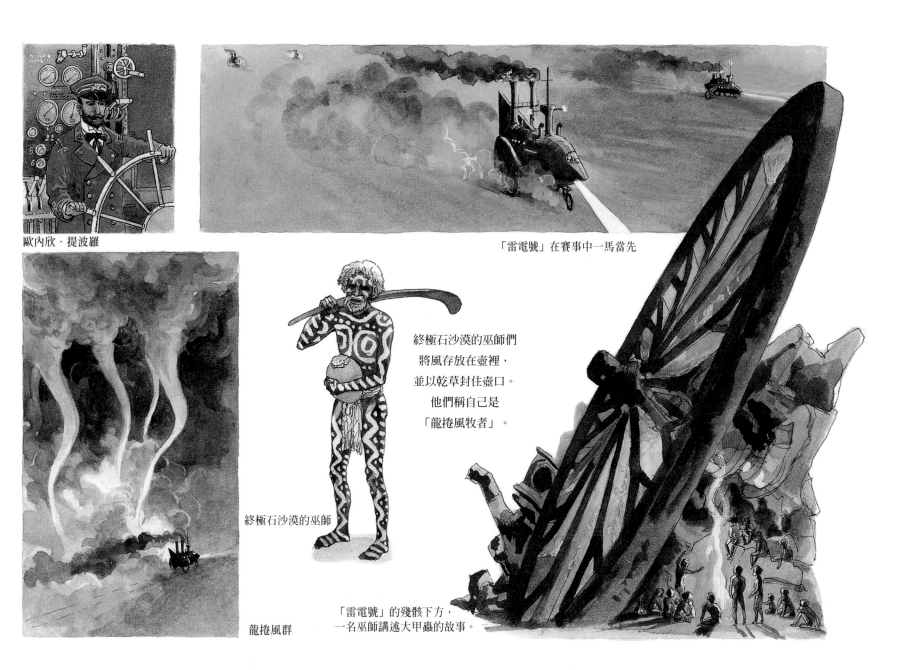

歐內欣‧提波羅

「雷電號」在賽事中一馬當先

終極石沙漠的巫師們
將風存放在壺裡，
並以乾草封住壺口。
他們稱自己是
「龍捲風牧者」。

終極石沙漠的巫師

龍捲風群

「雷電號」的殘骸下方，
一名巫師講述大甲蟲的故事。

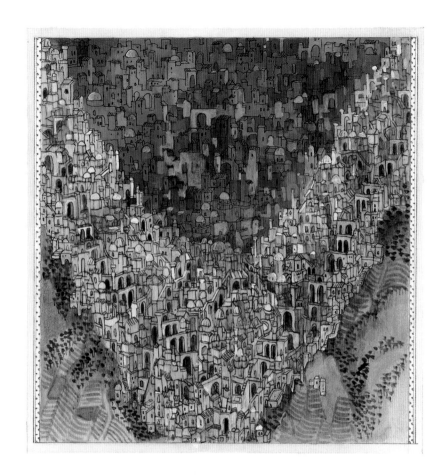

眩暈城
La cité du Vertige

數天前起，眩暈城上方的夜空中，出現了一顆彗星。大多數居民認為這是不祥之兆，表示大難將至。

而低城區裡，有些人在一個教派基地聚集，決定加速行動，讓事件提早發生。

他們在找尋「空話石」：抽掉這塊石頭，整座城將分崩離析，瓦解殆盡。

　　伊茲卡達用髮辮懸吊半空，脖子挺得老直，雙腳抵在牆上；他拿出工匠的本事，動作又大又穩，專注地工作，讓自己的作品更臻完美。伊茲卡達是一名「繫繩頭」，他的髮辮裡綁有山羚羊的筋腱，編纏成一條長長的辮子，尾端繫上一個三爪倒鉤，只需用力甩頭，朝頂上拋高六呎，便能吊起他整個身軀。和所有「繫繩頭」一樣，伊茲卡達也加入了飛天泥匠教派。這些泥匠宣誓隸屬一個鷹架與高空大風的國度，成為木材、石材與磚材行會的會員，瞧不起怠惰之人，不知懼高暈眩為何物，共同遵守一份憲章。根據這份章程，城裡任何禁不住人為破壞及歲月摧殘之處，他們都必須前往修補。他們只聽令於自家人，夜裡暗暗分派工作地點，在亂哄哄的聚會上決議出工作項目、人員，以及分配給每位泥匠的薪酬。

　　這些飛天泥匠四處為家，不怕風吹雨打。某個晴朗早晨，看他們突然降臨城裡某一區，宛如一群謹慎的飛鳥。於是，牆面像空中舞臺似地布滿梯架、板道、繩組、絞盤

及滑車，然後有好幾個星期的時間，發出尖銳的嘎吱聲響，好不熱鬧。天剛曚曚亮，司晨雞會對居民宣告他們的好運道：雀屏中選了！然後用牠那分貝高居不下的嗓門，不斷叨念工程進度。就這樣，牠每天發動司令，開啟全面性的喧天雜響，直到天色昏暗才停歇，而木槌的敲擊還經常頑固地擾人直到入夜。他們像喜鵲一樣聒噪，一整天咒罵不停；他們孜孜不倦，來來回回，飛簷走壁，工作一完成，立即離去，一如當初來時那般突然，留下新修好剛漆好的古怪建築。屋主們收到帳單時皆破口大罵，飛天泥匠對此毫不在意。他們總有辦法叫人乖乖付帳，分帳時投機取巧，拳腳相向，占據某個夜生活區嘰嘰喳喳，狂歡作樂，離去時發了瘋似地鬼吼鬼叫，向下一個工地進攻。他們喜歡集體行動，愛吹牛皮，眼界狹小，確信自己的工作高貴無比；他們的行會發言大聲，令人懼怕，不過大家還是感激他們以不容置疑的熱誠將分內的工作做得那麼好，畢竟，「繫繩頭讓你驚嘆本事大」。

然而，他們之中也有人偏好安靜，個性低調，覺得這種吵吵鬧鬧的集體生活有壓迫感，難以適應。他們是孤獨的信徒，總在工地外圍幹活，圖一方清靜。大家之所以會允許他們這麼奇怪行事，全因知道他們有天分，對他們既憐惜又佩服，但主要還是不得不向他們的頑固低頭：「繫繩頭，脾氣騾。」伊茲卡達正屬於這一類型。他鑽研艱難的鑿石技術，作品精巧細緻，宛如出自幾何圖形藝術家之手。此刻，他全神貫注地雕飾高城區裡的一座陽臺。他的周遭有許多拼磚裝飾的小庭院、露天花園、鴿舍的白色圓錐頂，處處皆是午後溫熱的光，拱廊之下，陽光像一窪窪小水塘，閃閃發亮。

只要稍稍轉身，他就能看見盹坐長老宮的牆面，不禁癡想：再過幾天，在開啟宮殿大門的傳統節慶期間，他將有幸為飛天泥匠行會掌旗。到時，連續三晚，盹坐長老們會被帶出來遊行，隊伍將穿越城裡各區，三百四十八座橋，每一座都要通過。群眾費盡心思，想把他們叫醒，敲鑼、打鼓、放鞭炮、奏音樂，但沒有長老會醒來——五世代以來從沒見過——他們最終還是回到宮殿裡，繼續原本做夢家的神祕行事。關於這一點，伊茲卡達知道的與大多數居民差不多：那三十二位盹坐長老都已經很老很老了。一座圓頂之下，他們全體坐在一起，排成兩個半圓，共同圍著一口很深的井。他們就睡在那兒，動也不動，穩

穩坐著，察覺不到其實呼吸尚存。人們定時給他們「石頭皮」，那是一種汙灰滑膩的糊漿，用從宮殿地基下採收來的一種地衣製成，讓他們永遠保持沉睡，並將他們漸漸變成雕像。他們周遭寂靜無聲，僅受羽毛筆來回墨水瓶與羊皮紙間的微小動作稍稍打擾，因為，一旁的助理員都是啞巴。偶爾，某位長老會突然從夢境深處講出囈語。字句好不容易從他嘴中吐出，一個字一個字地，彷彿一顆顆沉重的石頭，大霧之中，掉入泥沼底部，成為發出黑暗之聲的古怪貝殼。一名助理員輕輕發著抖，一面在厚重、綴著金邊的夢囈語錄紙頁上記下神諭。解讀出來的神諭逐條存錄收集，於每個月初呈交給市政首長，以協助他們裁定決策。不過，首長們所決定的政策還要向上提報給占星師，後者每天晚上監視夜空，觀察星星的運行。

說真的，很難想像一個更好的政府了。從夢境採擷靈感，拿人類的瘋狂當後盾，由星子解惑說明，讓每個人幾乎都能自由地做自己想做的事；伊茲卡達心裡一面這麼想，槌子一面輕輕打在鋸齒狀的鑿子上，將石頭磨平。

他倚著的牆面開始震動。一開始，他並沒有立即察覺到，但是，當他停下動作時，撞擊又再度出現，而且愈來愈強，像從砌石堆中傳來一聲鑼響，吊在髮辮下的伊茲卡達嚇了一大跳。在他腳下，稍微邊上一點的地方，有人從牆的另一面不斷敲撞，於是一塊石頭慢慢鬆脫。它停止滑動之後，牆面突然破裂，揚起一片塵埃，石礫紛紛掉下，在下方一排木板通道上摔個粉碎。牆上的破洞中伸出一顆腦袋，狠狠呸吐咳嗽了一番，出其不意地迸出一個驚人的問題：「你就是伊茲卡達，沒錯吧？」

飛天泥匠點點頭。

「我得跟你談談。不過還是你來我這邊比較好，我怕高。」男人說著就從洞口消失。

伊茲卡達猶豫起來，不過好奇心還是戰勝了驚嚇。他懸掛在髮辮下，順勢直溜入牆洞，憑空縱身躍下，飛落途中緊緊抓住牆壁邊緣，後腰使勁一蹬，整個人消失不見。落地時，他身處一個小房間，可能是哪裡的儲藏室，陰暗中隱約可見一些發亮的陶罐。邀他來的那人長得虎背熊腰，一對耳朵又乾又癟，比風乾的香菇還皺，還有一只被打歪了的高挺鼻樑。泥灰粉塵吸乾了他雙手擦傷上的鮮血（真是笨手笨腳，飛天泥匠心想，帶著一絲不屑），但當那雙手舉起，拭去滿臉白灰時，伊茲卡達又被嚇了一跳，

這已是當天第二次了。

「是個『藍面』！」他啐罵一聲，往出口後退。

大漢不慌不忙，讓伊茲卡達有時間好好評估狀況，兩隻黑溜溜的小眼睛直盯著他看。剛剛用來指稱那漢子的字眼代表著一項恐怖的事實，即使如此，對方的目光中卻不見絲毫惡意。

「我才不跟『藍面』來往！」，飛天泥匠從牙縫中迸出這句話：「你臉上畫著卑鄙的圖騰。你是罪犯！說不定還殺了人！」

「我來找你可不是要聽你的侮辱，」大漢回應他：「而是為了幫你──你，還有你那群留著辮子的烏鴉幫。給我好好聽著：有人在找『空話石』。」

「胡說八道！」

「還有一幫光明異端派想要在盹坐長老遊行時抽掉它。」大漢繼續說，語氣平靜。「我認為你最好跟我來，如果你想試著阻止這場災難的話。」

「根本就是胡說八道。」伊茲卡達又說一次。

「你真的知道我在說什麼嗎？」藍面有些擔心。

「一如天上之星體與行星，運轉調節凡人脆弱的命運，」泥匠自顧自地背誦起來：「每座城裡皆有一石，唯一且祕密，以其八方不動之穩固神力，防止混亂四起。該石座落城基，名曰『空話石』……」

「看得出來你書背得很熟，」漢子譏諷道：「但時間已經很緊迫了，」他接著說，一邊把房門打開：「信我的話就跟我來。」

然後他就鑽入一條黑森森的走道。

伊茲卡達再次猶疑了一下，不知道該怎麼做才好。不過，連他自己都吃了一驚：他竟乖乖聽從了漢子的指示，跟在他後面，一句話也沒再多說。

「太好了，」藍面說：「我叫寇維諾，相信我們能處得很好。」

自我介紹完後，他領頭走上一條路徑。那條路拐過數不盡的彎，通過一幢幢屋子，從閣樓下通地窖，一直到低城區，完全不須探出戶外。接著，他打開了一連串以沉鐵裝飾的矮門，走進一座迷宮般的廊道，牆壁陰暗油膩，以各種難以想像的方式凌亂交疊。光線只能從加了粗重鐵柵的氣窗透進來。寇維諾推開最後一扇門，那扇門看上去和之前十幾扇門一模一樣。他把客人拉進一個拱頂小房間，

擺設極為簡陋。

「歡迎來到監牢，」寇維諾說，看著伊茲卡達張大了的圓嘴，又馬上補充道：「我欠你一個交代。你知道的，牢房不見得就是你想像的那樣。在以前，那是一幢獨棟建築，在磚窯附近，被隔離封鎖。但是後來四周竄出許多房舍，擠到監獄旁邊，牆貼著牆。因為沒辦法擴建，只好借用緊鄰的磚窯向外發展，即使是小得不能再小的空間也加以利用，像後院、小巷、地窖之間的窄道，乖乖不得了，這些磚砌的走廊像觸手一樣，蔓延到整座低城區；那真是一座迷宮！甚至連獄卒都會迷路。就是從那時候開始，犯人的臉上得被畫上記號。這樣才能把他們找回來。我呢，我的圖騰過三個月後就能塗掉，但是，我想，我要再保留久一點，這五年來，我已經習慣帶著它四處晃盪。」說著，他對一面破鏡子扮了個鬼臉。「言歸正傳，監獄的廊道像贅瘤一樣，愈長愈多，最後繁衍到高城區，就像你剛見識到的那樣。甚至，可能有一天，某個美麗的早晨，那些布爾喬亞階級中的某個好好先生，打開窗時會發現，某個『藍面』的新囚房就蓋在他家對面！原因很簡單：大家已經分不出哪裡是裡、哪裡是外了！你餓不餓？」

他遞了一塊麵包和乳酪給新同伴。

「好吧，」他繼續說下去：「幾個月前，有一名老藍面名叫布佐旦，我很不幸地曾有一陣子跟他關在同一間囚房。他在低城區重出江湖，現在是大家口中的話題人物。他腦子裡醞釀出摧毀城市的念頭，徹底毀滅，說是要懲罰這座充滿罪惡的城。他是個瘋狂的變態，卻成功說服了不少人──應該說這世界上的笨蛋還真不少。總之，很多人上了他的當，人數多到可以組一個教派──『空話石派』……」

「空話石派。」飛天泥匠悄聲念道。

「沒錯。依我看來，那些莽夫就快達成目標了，所以我才來找你。因為，你髮辮下那顆腦袋似乎比其他那些冒冒失失的飛天泥匠靈光些。」

「可是，他們為什麼要找那塊石頭？」

「我已經說了：他們想把它從城市的根基抽出來。」

「抽掉空話石？他們根本就瘋了！那塊石頭肩負著整座城：一切都將倒下，一切都會崩塌！那可是世界末日啊！慘絕人寰！大家都會被埋在瓦礫裡！他們也逃不掉啊！他們瘋了！」

「他們根本不在乎。他們認為，這座城貪腐得太嚴重，已受罪惡汙染。他們想淨化它。他們說，發動毀滅的人可以從這次壯舉中救贖靈魂。」

「他們瘋了！」

「好啦，伊茲卡達，我聽到了。不過，光在這裡叨念這句話並不能解決問題。你知道怎麼纏護首包巾嗎？不，你當然不會知道……」

寇維諾從一只木箱內拿出一盒破衣，然後幫他的同伴縫製一款巨型包頭巾。低城區的居民習慣把頭頂弄成這種造型，以防被高城區落下的瓦片或花瓶砸傷。接著，他又給伊茲卡達穿上一件笨重的棉襖衣，看上去就更像低下階層打扮。他停下手邊的活兒，仔細端詳自己的傑作，露出沉思的表情，又取出一只小壺，裡面裝滿藍色顏料。他把顏料抹在伊茲卡達臉上，壓按出一道道難看的條紋。

「不錯，很不錯，現在你也成了個道地的『藍面』。」

飛天泥匠鼓起勇氣抗議，不怪他，此乃人之常情。

「好啦，走吧！」寇維諾說。

兩人從原先那條曲折的路徑出去，來到低城區一座小廣場上。伊茲卡達身上裹著三層怪里怪氣的衣服，十分不自在。他一點也不習慣這種又軟又厚的鋪棉材質，還有那肥滿厚重的破衣，害他行動不便，腳步遲緩。眼前人群彷彿不屬於真實世界，匆匆忙忙地走在陰暗汙穢的小巷，擠在攤位前或狹小的店鋪裡。處處有人推擠、擦撞、辱罵爭吵。瓦片夾著灰泥殘塊，不時從高城區落下，在店家搖搖晃晃的棚頂上跌個粉碎。有時，一盆汙水從天飛濺而下，隨意潑灑在路過行人身上。如果那個倒楣鬼嘟嚷幾句發發牢騷，還會惹來某個潑婦一番譏笑、悍然關上窗扉，碰他一鼻子灰。寇維諾熟門熟路地闢徑前行。他跟一堆人打招呼，那些人物多少都有兩下子，像是賣藥方和滅鼠劑的、在公共澡堂替人按摩的瞎子、不太可靠的判官、專門仲裁偷斤減兩等度量糾紛，監管街市用語的檢查員、磨大刀的、被收買來專放高利貸的、點痣除疣做美容的，以及縫補護首包巾的，他們馱著裝滿線頭和破布的大包袱，站都站不穩。好幾群孩童，渾身髒兮兮，赤腳踏在水溝泥漿裡，從暗巷小路竄出，尾隨他們不放，纏著向他們要錢。

兩人穿越鞣革製皮區、露天屠宰場，還有發酵啤酒廠。光以氣味作為指標，就能畫出一張城市惡臭分布圖。

到了一條死巷巷底，他們走進一家小酒館。在此類

聲色場所中，幾杯粗澀嗆辣的黃湯下肚，人人信口開河，油燈下，閒言閒語，蜚短流長，亂得不可收拾。門上貼了一張海報，鑲花模板印出一道彗星。圖片下方，一則短文宣告所有災厄大禍，詳情細節皆清清楚楚。寇維諾與好幾人握手，介紹他的同伴：「竊賊、藍面，完全跟我是同一路！」他大手拍著胸脯，信誓旦旦地擔保。在場十來個能立即送上絞刑臺的惡棍與形形色色的強盜，都挪出位置，招呼他們上桌。過不了多久，話題就圍繞著空話石打轉。該教派在這裡召集了不少死忠教徒和打手。大伙兒七嘴八舌地討論出現在夜空中的那道彗星、人們腐敗的心靈，以及即將降下的天懲。酒過三巡，大家的嗓子卻也不乾啞，精神也沒萎靡。伊茲卡達被直接遴選為教友，完全被當成哥兒們看待，有權與眾人共享等待毀滅的喜悅。有位兄弟，帶著一抹憂傷的微笑，眼睛濕濕的，像是要撫慰他忍受時間煎熬似地，主動在他耳邊悄聲說：「馬上就會發生了。」聽了這話，伊茲卡達又點了第四輪酒。

　　「讚！」走出小酒館時，寇維諾稱許他。「關於你的事，他們果然沒騙我。伊茲卡達，以你飛天泥匠的出身來說，剛才的表現還真是不賴。那些笨蛋老眼昏花，什麼也

不懂。恭喜你漂亮過關，加入混混行列！」

　　「這一切是很不錯，」泥匠忍不住嚷嚷起來：「但我還是看不出來做這些事到底有什麼用！」

　　「別急。最主要的目的是要接近教主布佐旦。此後我們見機行事。」

　　接下來的一個星期，每天晚上，兩人都到彗星小酒館報到。一天，大伙兒喝得正開心，平時總是坐在角落裡振筆疾書的獨眼龍代書請他們過去飲一杯。

　　「就是你們想見布佐旦？」他問道，以同謀的口吻小聲呵氣：「明天有一場聚會，地點在瘟疫鐵鋪路。」

　　寇維諾和伊茲卡達如期前往，混在一群衣衫襤褸、不成人形的乞丐之間。他們推開人群，擠到圍繞教主的特定圈圈附近。人潮川流不息，於是張張臉孔皆朦朧模糊；在眾人簇擁之下，布佐旦語調激昂，目光狂熱，對信徒散發無限吸引力，讓他們崇拜得目瞪口呆。他每做出一次抨擊，贊同的大合唱便如醉如癡地響起：「抽掉空話石！摧毀這座城市！」然而，這位教主不僅能言善道，還擁有凶猛狠準的直覺。纏著厚重護首包巾、喬裝混入的飛天泥匠立即遭他拆穿。伊茲卡達被推擲在地，繼以一陣混亂的拳

打腳踢，狠踩臭罵。一時之間，可憐的泥匠以為自己小命不保，而且一定會被他那群忠心耿耿的哥兒們碎屍萬段。幸虧寇維諾挺身而出，義正詞嚴地說服大家：有飛天泥匠加入教派，其實再好不過，他是鑑定真格空話石的最佳人選。此言一針見血。眾人張圓了嘴，瞪大了眼，表情僵硬，呆若木雞。「藍面」這番話太有道理，突然揭示一個明顯的事實。「飛天泥匠，當然啦！彗星也早就預言了！他才認得出真正的空話石！」教主認可了這個論點，不過有但書，他面露殘酷的微笑，補上一句：泥匠必須同意，當眾割去髮辮。

對一名飛天泥匠而言，這條晃來晃去的尾辮可不是單純的裝飾；也絕不能因為尾端裝上了倒鉤，就當作普通的幹活工具。它的確是工具沒錯，用處卻還更大。纏綁在髮絲中的山羊羊筋腱有保護作用，使他們不受眩暈魔毒害。這頭惡魔主宰鷹架世界，每年，飛天泥匠都要向祂獻上一筆貴重的貢品。需要的時候，這條髮辮也能充做厲害的武器：飛天泥匠一手抓住它，繞上幾圈，接著只要一鬆手，髮辮就咻咻作響，旋擊目標，然後收入尾端的倒鉤裡。這條辮子是他頭頂上的第三隻手，是他思維的延伸，象徵他

的傲氣，也是他孩子最珍貴的寶貝。當他犯下嚴重錯誤，或忤逆行會的規章，一切懲罰都施行在髮辮上。被剪掉辮子的可憐蟲羞愧難當，無地自容，受同行排擠。為了得到教主的立即認可，這將是伊茲卡達必須付出的恐怖代價。虔誠的哥兒們等著他的答案，眼睛緊緊盯著他，彷彿要將他吞下。伊茲卡達答應了。

於是搬來一把大刀和一塊屠夫用的砧板，嗚呼伊茲卡達，為失去自己專業上的光彩與榮耀含恨抱憾，不得不發誓棄絕「飛天泥匠」的信念。大刀揮斬了不下十次，才終於斬斷那根美麗堅固的髮辮。斷辮掉落地上，捲成一團。此時，它不幸的主人兩手捧著頭，試圖撐住猛然顫抖的雙腿，站起身子。事實上，平衡感突然被奪走之後，伊茲卡達實在承受不住那猛烈又痛苦的暈眩。寇維諾立即趕到他身邊，扶住他的肩膀，從牙縫中低聲擠出：

「撐住，伊茲卡達，要不然，我們都完了。」

布佐旦拿起斷辮，舉得高高地，旋轉揮舞。歡呼與笑聲轟然響起，迎接這項祭品。

「這個，」布佐旦高呼：「這是活生生的實例，飛天泥匠是一直與我們作對的頭號大敵，因為他們一心只想修

補這座爛城的裂痕，但事實證明，就連他們也能明瞭我們神聖的苦心追尋。歡迎你，伊茲卡達，從現在起，我們把你當成我們之中最優秀的一分子，我也深信，只有仰賴你的幫助，我們才能確切找出真正的空話石位置所在。讓統領我們的盹坐長老們一面如石人般沉睡，一面發抖吧！我們要毀滅這座城！我們要把它鬧得亂七八糟！我們要讓它驕傲的宮殿迅速埋入自身陰暗漆黑的地基！」

群眾也跟著重複這些叫罵。一列隊伍自然成形，湧上街頭。伊茲卡達在寇維諾的扶持之下，被當成英雄，受人群擁簇。崇拜欣喜的目光一路追隨他蹣跚的步伐；大家都想碰觸到他，一雙雙手朝他伸得好長，拉扯他的襤褸破衣。隊伍時而縮擠在狹窄的小巷弄中，時而走到較寬闊的空間，野地或市集廣場。布佐旦又唱起高調，滔滔不絕，把飛天泥匠推到他前面；聽眾愈來愈多，而對那些心中還存疑不信的，這可是最有力的保證。「你們想想，」罪犯教主尖聲嚎叫：「若非親身體悟到迫切需要，一名飛天泥匠會願意加入我們的行列嗎？」於是眾人鼓譟，承認困惑，在場的護首包巾如波似浪，一陣翻滾起伏。教主繼續說道：「你們想想，若非堅信我們的用意，他會願意犧牲

自己的髮辮嗎？」說完，他又舉高斷辮揮舞。掌聲不斷，喝采如雷。進行最後一場布道時，他們位於冤魂墓場。突然，人群中響起一聲驚叫，打斷長篇大論：

「警察！鴿警來了！」

只見幾個黑影在墳墓間穿梭。大家看見鴿群展翅起飛，朝高城區前去。一時間，驚慌散播在人群之中。過了一陣子，總算暫時恢復平靜。

然而狂熱已全面燃燒整座低城區，接下來的幾天，熱情已煮滾，接近沸騰。教主宣稱，從每晚於城市上空閃耀的彗星尾巴中，他讀到以下訊息：空話石必須在開啟宮殿大門的慶典與長老遊行之前趕緊抽除。可是，儀式在三天後便將舉行。

節慶開始前一天，布佐旦召集親信智囊團。伊茲卡達與寇維諾也已名列其中。前幾次的事件占去他們太多心力，兩名難兄難弟說好，此後任憑事態發展成熟，待最後一刻才出手。寇維諾自認力氣夠大能制住教主；至於伊茲卡達，倘若那幾乎不可能的狀況出現，他真的認出空話石，也未必要告知這群異想天開的狂亂分子。布佐旦宣

布，這一刻已來臨，人人都該探測自己的心，堅定自己的信仰。的確，所有人都將葬身汙城的殘礫碎瓦之下，然而，那些曾發誓解放空話石的人，其罪孽將能徹底洗清。他們的行動是為了向世界致敬！教主帶領小組成員來到彗星小酒館。他掀開一扇通往地窖的活門，將燈籠分發給每個人。幽暗之中可見一排酒桶。他轉開其中一桶，接著人就從旁邊消失。其他人一個一個緊跟在後。

「我們在什麼地方？」伊茲卡達悄聲問道。

「不知道，感覺像是老磚窯的底基。」寇維諾回答。

他們沿著牆邊走，然後進入一座迷宮，蜿蜒曲折，凹凸不平，牆面愈來愈歪斜，階梯愈來愈不規則，坑坑洞洞，界限不清，他們手心滲出汗水，足下步步驚魂；地窖霉味腐臭，行過一道極漫長的羊腸小徑之後，終於來到出口，迎向一座又深又廣的地廊。伊茲卡達認出那是昔時的採石場，因為岩壁都雕鑿成工作梯段，從排列規則的小洞可看出過去架設鷹架的痕跡。漆黑的大水坑中，還躺著些巨大的石塊，無用作廢。一根根天然支柱，如瞭望塔一般高闊，在火炬搖晃的光亮中忽隱忽現；而智囊小組的腳步聲與說話聲在此迴盪，聽起來更加響亮，帶有一種過度的深沉。布佐旦直直走向最後幾座地廊，指著一座搖搖晃晃的鷹架，向上升至洞頂，沒入暗影之中，不見尾端。

「好了，兄弟，」他對伊茲卡達說：「開路這項光榮任務就交給你來了。現在正是你大顯身手，證明給我們看的時候。」

伊茲卡達仰起頭，觀看木梯的高度，將那蟲蝕斑駁的支架推搖幾下，木架吱嘎作響，落下一陣粉屑。他拆掉累贅的護首包巾，脫去厚重的襖衣，取來一團繩索，咬牙叼住火把，開始往上爬。縱然，髮辮已斬，如今握在布佐旦的手中，當作護身符。縱然，才攀升幾步，天旋地轉恐怖襲來。與斷辮犧牲之日一樣，他感到陣陣噁心，雙腿顫抖，費盡了力氣，緊緊抓住梯子最後兩道橫檔，才攀上一塊突出岩壁的平臺，完全不敢往下看一眼。他拋出繩索，讓在下面的同伴們安心。岩盤上鑿有一道階梯，以他所在的平臺為開端，筆直通往一座隱密的小洞穴，剛好擠得下布佐旦挑選出的十人。教主開口了：

「真理的時刻來臨了！這座密室剛好位於盹坐長老宮下方。就是這裡，統治者腐敗的心就在這裡跳動。根據先知預言，就是這裡，空話石就藏在這裡。伊茲卡達，既然

你是飛天泥匠，那麼，指認空話石這項榮耀非你莫屬。」

　　伊茲卡達花了很長一段時間觀察，先注意密室周圍的牆面，然後細細檢查洞頂。基本上，只有一塊石頭具有支撐整體的協調功用，那就是拱頂石。但是，無論他多麼專注仔細地檢視，在那塊石頭上，始終找不出任何獨特之處。相反地，他注意到另一塊石頭，位於下方許多的砌牆上：光是它的存在，就教他不由得莫名肅然起敬。對於空話石一說，他始終有點懷疑；不過，他也一直與泥匠行會所有同事一樣，即使感染建築行業實事求是的精神，面對大自然的神奇，仍虛心臣服。在他們這一行，理智之光僅由規矩照亮，更多時候，迷信之暗影常遮得光亮忽明忽滅。正如此刻，他覺得空話石未曾如現在這般實在，這樣真實，與他這麼接近。可能嗎？或許它只是一顆削切過的普通石頭，默默無名，擠在千百手足中；然後，就像布佐旦那些長篇大論的布道中所宣稱，以其一石之力，肩負著整座城市？伊茲卡達幾乎就要相信。同時，他開口指認了，但語氣有些太急，聲量比他想像的稍大，他說拱頂石就是空話石，希望能騙過布佐旦。教主早就猜出他的心思。他指著另一塊石頭，就是那顆，泥匠的目光在它上面

停留得過久了些。他拿起一支槌頭，一把鑿刀，開始抽挖那塊石頭。伊茲卡達連忙向寇維諾使了個眼色。兩人撲向教主。伊茲卡達搶下他珍貴的斷辮，以極快的速度揮旋，逼退三名敵手。寇維諾則使出渾身解數，拳打腳踢兼頭槌。然而，兩人最終仍寡不敵眾，慘遭痛打。

　　眼看大勢已定，一切化為流水。布佐旦恢復惡魔本性，繼續挖鑿。漸漸地，石塊被他敲出牆面，終於，他發出一聲歡呼，揮下最後一槌，挖出了石塊。

　　震天巨響，洞頂整個崩塌。

　　過了好一會兒，伊茲卡達悠悠醒轉，那時粉塵殘灰仍如雲霧瀰漫。他一面咳嗽吓吐，一面從石礫堆中站起。密室的一部分滾落到採石場底部：沒有任何他同伴的影蹤。想必他跟教主和其他同謀一起，都被埋到更下面去了。從這麼高的地方落下，沒有人能夠生還。他在盹坐長老宮的地窖中找尋出口。催化崩毀的行動沒有成功，宮殿甚至連搖都沒搖一下。所以，那並不是真正的空話石……

　　持續三夜的宮殿大門慶典的第一晚，施放了燦爛無比的煙火歡度。快樂的人群排成長隊，搖著燈籠，前來參加

長老遊行。盹坐長老們彎腰駝背，縮在黑森森的罩袍中，隨著喧嚷搖搖晃晃，對於近在鼻尖炸開的爆竹，視而不見，充耳不聞，浮游在人潮之上，從人海的這一岸滾到另一岸。有時候，不小心窺到他們面孔的人會嚇一大跳：那麼空洞，灰暗如土，面無表情，陷溺在他們史前時代的睡眠中動也不動，令人們害怕了起來。伊茲卡達佇立在一座橋上。看熱鬧的人三五成群，一波波流動。整座城都動了起來，好不活絡。各業行會也展開遊行。他看見經過的有大名鼎鼎的鴿警旗、特技救火員的雜耍鑼鼓樂隊、四症醫師兄弟會、凹槽蓄水池智者顧問團、哀戚主宰及悲憐團淒涼的旗標，還有，最後——嗩吶嘹亮，鑼鼓喧天，飛天泥匠的豪華旌旗。伴隨著開懷大笑的整團人，他那些老同事，從沒像今天這麼聒噪。本來，他將會多麼驕傲自己身為其中一分子。好險，沒有人認出他來。若是被人發現失去了辮子，那該有多丟臉！

「很棒，不是嗎？」他身後有個聲音說道。

一聽到那個聲響，伊茲卡達立即回過頭。

那是名燈籠人發出的聲音，不過，面具也瞞不過他。

「寇維諾，老藍面！我以為你死了呢！除了你之外，沒有人能從那麼大一堆殘礫中活著脫身。」

「我不懂為什麼『藍面』的命就不比『繫繩頭』來得硬。跟我們一起去的那些可憐瘋子，其中一人剛好把我推到牆邊，而一塊突出的岩盤奇蹟般地接住我，所以我沒繼續往下掉。我清醒過來之後，到處找你。我以為你被埋在碎石堆下了！而現在你就在這兒，安安靜靜地，正張著嘴發呆呢！我認識的你應該比較有活力才對。對了，你願意把你的絕活教我嗎？在你的髮辮重新長出來之前，我可以當你的學徒。」

「也等你的『藍面』顏色變得再體面些！」

「還要等你辮子下的小鳥腦袋也長出來才行！」

空話石教派的死忠教徒

飛天泥匠的髮型。
該行會分為三爪鉤和四爪鉤兩派。

一名面帶十年徒刑圖騰的藍面

飛天泥匠正
在進行訓練

彗星小酒館

低城區一對布爾喬亞夫婦
頭戴樣式華麗的護首包巾

磚窯區

貨棧區

彗星預言海報

鴿警成員。
這支警察隊用信鴿
來當通報眼線。

幾名燈籠人護送一位市政長官前往屯坐長老宮。

哀戚主宰與悲憐團的旗標。
這些字眼所指的是城裡的劊子手及在場
協助他那陰森工作的哭喪婦們。
在屯坐長老遊行隊伍中，
他們的旗幟總遭人噓聲喝倒采。

瓦拉瓦河
Le fleuve Wallawa

瓦拉瓦河在白晝時是一個流向，黑夜時又是另一個流向。夏至那天，日流洶湧，
冬至那天，夜流奔騰；河岸之上，這兩天正是舉辦巴洛克慶典與嘉年華會的好時節，
也是白晝之王與黑夜之王各自展現權力的時機。
然而，有位雅各師傅來到這個國度，這份脆弱的平衡將受動搖。

　　總督從架設在老橋的觀禮臺上舉起手,手上戴著手
套。市旗橫幅下,地方首長及達官顯要緊黏在他身旁,穿
著正式的典禮罩袍,個個腦滿腸肥,低調地昂首挺胸,展
露威風,並很有默契地滿意點頭,動作整齊劃一。所有目
光都轉向臺上那隻高舉的手,等待那個時刻,此後幾個大
日子裡,城裡將嘈雜騷亂,熱鬧非凡。

　　總督的手心朝向河水,揮下手掌。手勢一收起,逆水
停泊著的一艘小舟上,三名戴著豔紅軟帽的男子立即將一
條魚擲進水中,魚身與背鰭事先被覆上一層金箔。那是一
條鯰魚,又稱貓魚,生著長長的鬍鬚,游水力道十足。鯰
魚快速衝出,濺起一束泥漿,牠的尾巴上拖著一個小小的
葫蘆,裡面裝著一封城民的許願信。群眾聚集在河堤上,
人人的目光都注視那波動著的金色小點上,看著牠在清澈
的河水中愈游愈遠。等牠身上最後一抹閃光消失,只見流
水波光粼粼,大家才又回頭轉看觀禮臺,總督應該要發表

例行演說了。他會不會證實最近大家紛紛議論的那樁謠言？所有人心裡都問著同一個問題。這次，總算連低層小百姓也豎起了耳朵，總督大人卻要賣足了關子才高興，一直等到演講快結束了，才肯解除眾人的疑慮。

拐彎抹角地扯了許多之後，他宣布，就在他站著的位置，精確地說，也就是老橋的正中央，再過不久，每個人都能目睹，這裡即將建造一座豪華的大鐘，又大又高，漆上美麗的彩繪，綴上繽紛的裝飾，代表四季的人物為它增添生動活潑；還有一組排鐘，無論白天黑夜，整點一到，就會響起。他從容地評估自己這番宣言所造成的效果，帶著美食行家的表情，津津有味地看眾人瞠目結舌，驚訝得合不攏嘴；然後，他展臂歡迎，邀請鐘錶匠雅各師傅上臺到他身邊。這位名匠來自遙遠的國度，在自己的國家已打造出許多巧奪天工的作品。總督花了很長時間大力讚美，最後祝福早已不見蹤影的鯰魚信差一路順風，將這個消息捎給住在河床中的神明，祈求願望成真。

大典之後舉行了一場盛宴。鐘錶師傅被奉為上賓，座位就設在總督附近，而總督大人則坐在白晝之王和黑夜之王中間。可想而知，大家不斷提問騷擾新客人。他才剛

到十五天，住在位於河北岸的書販區。被問起抵達之後他都做了些什麼時，雅各師傅回答，他為城市把脈，以此為樂。他對於城裡的機構與政府也流露出極大的好奇，和所有暫留於此的客人一樣，瓦拉瓦河讓他驚嘆不已。這條河流世上僅見，白天流向一方，夜晚流向另一方。他說，這現象非比尋常，適合他這樣的人來好好深思；不過，他隨即又說，此類天然計時器永遠無法和一座真正的時鐘一樣精準。最明顯的是，他絲毫不隱藏自己迫不及待的心情，甚至滿腔的熱誠，急著想參與當晚就要舉行的節目，亦即冬至節慶的高潮。他身邊所有人士一致贊同，就此點而言，他可沒說錯，那確實是這座城的年度大事。

隨著暮色降臨，瓦拉瓦河的河水逐漸不再清澈見底，從綴在橋墩邊的漩渦及波紋可見，水流已不如之前湍急，彷彿有些猶疑。靜止的水面上出現一大片一大片的閃光。天色晦暗起來，嘈雜悶響。河堤被木臺和棚屋占領，只見黑壓壓的人潮。小舟與接駁船最後只好牢牢綁在木樁上。僅有幾艘輕便的木筏，由一些年輕人操槳，能自由划駛到河身附近，那裡水流停滯，河面宛如一個大水灘。總督回到觀禮臺的主位，向一年之中最長的一夜致敬。

河水回以一陣哆嗦。天際那端傳來一種嘈嘈濤聲。遠遠地，在兩岸之間，出現一道不透明的水牆。這牆來自河面之下，滾動、高漲、膨大，像一片肌肉結實、膚色閃亮的後背，驅趕前方的白晝之水。它呼嘯而過，虎虎生風，草木皆遭狂鞭，在它抵達之前便驚慌呻吟。此乃夜流之怒潮。突然，夜潮就這麼進城了，迎接它的是混雜著恐懼與喜悅的喧鬧。浮箱與泊舟開始起舞，似麥稈般顛搖；捲浪掀動林立的船桅，彷彿托起的僅是一把火柴；浪濤滾滾，轟隆過橋拱。木筏漂在浪巔，上頭的年輕人們穩住平衡，盡量保持乘浪而行的狀態。幾個膽大的莽夫吼叫著跳入冰冷的河水，划游了十下左右才起來換氣，嘻嘻哈哈地爬上河堤。黑夜之王在觀禮臺上，點燃一支火把，於是堤岸上、舟船上、人家屋頂上，千百個燈籠跟著亮起。且聽鑼鼓、喇叭與歌聲揚起，戴著面具的人們上臺邀請總督大人和市政官員們，高高抬起黑夜之王，歡呼跳舞，占據大街小巷。節慶延續十二日十二夜，這段期間中，人們大啖月餅，不顧酒量，開懷暢飲。由於年終的債務訴訟都要在此時結清，所以還要算上幾顆打落的牙齒和許許多多的酒後諾言。

隔天，城裡飄下白雪。瓦拉瓦河凍封在冰雪中，河面下水流依舊，時而黎明即起，時而遲至深夜。慶典以一場盛大歡樂的擂臺賽作為壓軸：冰凍的河水上，北岸區和南岸區相互較勁。

人們很快地就習慣在城裡遇見鐘錶大師。他總穿著那件有點損舊了的皮襖，細碎的步伐規律，不拖泥帶水。雅各師傅是大忙人。他使用城裡一座老磨坊，把它改造成工作室。許多木材、鐵材、鋼材與銅板都運送到此。他帶著五名技藝高超的工人，個個盡忠職守，在爐旁打鐵，在工作檯上幹活，一面粗暴地使喚一大隊學徒。雅各師傅常去老橋上的工地，人們依據他的藍圖，在此建造一座鐘塔。他也常長時間在城中各區散步，不時在筆記本上振筆疾書。他睡得很少，他觀察一切。野雁的飛行途徑，漁船於清晨的歸航。他研究瓦拉瓦河的動向，波流的急緩快慢。正如人們告訴他的，大怒潮一年之中只發生兩次，分別在冬至與夏至。其他的日子裡，水流的日夜對調就平和多了，而在春分和秋分這兩天，變動幾乎難以察覺。當然，這幾個時節都各有其慶祝的方式。夏至的怒潮過後，緊接著上場的是水上長竿比力。那時，河水清澈無比，藍天萬

里無雲,光線明亮得如鮮豔的彩繪。春分時,一葉小舟漂在河流中央,公雞和貓頭鷹一對一打鬥,進行一場古怪的比賽,人們根據比賽結果占凶卜吉。秋分時則在老橋上舉辦拔河,由白晝之王與黑夜之王的兩隊人馬互相較勁。這兩位人物每年遴選一次,負責監管一整年中對河神們的祭典儀式。總督大人則統領整座城,任期五年。他平時在黑夜之王家睡覺,在白晝之王家吃飯。

雅各師傅把這一切都記錄了下來。他想造出一座完美的鐘,一件經典的作品,能將所有這些人物表現出來,包括公雞和貓頭鷹,當然,還有最長一夜中的金色信差魚。這部機械專為此城量身打造,對於精準度,他有十足把握;然而,排鐘的部分卻讓他傷透腦筋:在這個國度,人們從未聽過任何鐘聲,該用哪幾個音符,怎麼樣的曲調,才能最完美地讓眾人清楚生活節奏?是否應該每個小時鐘響一次,並在夜間將音量調小?而且,這座城還有那麼一個禁忌時刻,在夜半第七更,全城屏息不敢出聲,人們不再交談,公雞尚未啼鳴,那是噩夢的時刻,疾病侵襲的入口。或許,這個時刻應該靜悄悄地度過,像某些不能說出的話語?另外,雅各師傅也想實現自己在不眠之夜裡所得

到的靈感,做些改進與大膽嘗試。比方說,如果他能想辦法弄到那珍貴的材料的話……用月光石在鐘面上展現月亮的圓缺,豈不是個好主意?

老橋上,鐘塔很快地愈築愈高,大平臺的部分已經建蓋完成,日後將是達官貴人流連的場所,目前已是居民最熱門的約會地點。大家到這兒來評論工程。所有人都同意:這座鐘必然巧奪天工,令人讚嘆。就連最緊張兮兮、容易操心的人都承認,它將為城市帶來好處。他們不能一直安心地信賴瓦拉瓦河,而且,說穿了,這條河只不過反映出任何人把鼻子貼上窗戶就能看到的事實。能發現冬季裡黑夜較長,夏季則較短,的確很美妙。然而,像數著珍貴的金幣一般地計算鐘點,這件事,河川就做不到了。河水的波濤太不規則,無法成為水鐘的動力來源。大雨經常使河水暴漲,老橋橋墩上的刻度會因而出現一、兩個小時的誤差。再不然,發生一場大乾旱,河川日夜反流的機能就會遭到破壞,河水都流失在沙洲裡。何況還有日落西山與朝陽未起的時刻,天色欲暗未暗、狗狼不辨的時刻,潮水停滯、遲疑著該起還是該落的微光時刻,不完全黑也不完全白的時刻;這些時候的犯罪率最高,因為,無人能斷

言此時事件該歸白晝之王還是黑夜之王仲裁，所以，許多人逃過了該有的審判及制裁……等鐘點能夠計數，變得確切、精準、各有定位，就再沒有人能鑽這種法律漏洞，荼毒正直老百姓的生活。

　　然而，雅各師傅從未料到，要將這曠世傑作完成竟需要這麼久的時間。一開始，必須先鞏固橋樑；因為，經上一季的夏日怒潮暴沖之後，其中一根墩柱出現裂痕，隨時有崩塌的危險。工作室裡，其他困擾也令他頭疼不已：機械部分的藍圖始終沒有進展，以致他必須徹夜不眠，進行極為複雜的計算。他又自視甚高，不願給同事書面指示，也不願詢問他們的建議，以為能夠獨自解決十位專家都解不出來的問題。他動不動就對工人發怒，忘了吃飯，錯過睡眠。每次提著燈籠，在夜裡穿越城區，走過黑漆漆的小街，他便不禁咒罵分隔各區的關口。他總要聲如洪鐘地喊上十來次「開門！喂！守衛！」，才等到一個守門人，睡眼惺忪，一腳長一腳短地走來，一面還慢吞吞地抓著身上的跳蚤，替他轉開沉重大門的鑰匙。一次，他實在受不了了，甩了其中一個蠢蛋一耳光。這下耳光穿越了夜裡那一道道門關，從一家傳到另一家，隔天，傳到了總督大人的耳朵裡。無論對守門人還是黑夜之王，雅各師傅皆拒絕道歉。這些人永遠只會拖延他的時間，進度已經遲了兩個月，而這兩個月中，只不過是替他開一扇門，那些頭腦簡單的笨蛋竟然還要花上這麼多時間。

　　總督擔心起來。他派了兩名醫生給雅各師傅，隨侍在側。師傅臉色蒼白，滿面倦容，還得接受這兩頭觸人楣頭的烏鴉檢查。他們先是爭執了一番，想知道他的極度疲勞，究竟是白晝性的還是夜間性的，然後又輪流替他把脈。第一位大夫，帶著一抹淒慘無比的苦笑，解釋說，他總共患有四百四十四種病症，並具有七種不同脈象。醫師瘦長的手指在雅各師傅的手腕周圍敲打，活像蜘蛛揮舞長腳學拉小提琴。這個時候，另一名大夫，懶洋洋地攤坐在房裡唯一一張椅子上，不時鼓起鬆垮的兩頰，然後嘆氣；他刻意挑選夜間時段，在月光下看診，並為病情做出結論。然而，在他看來，病因已很明朗：雅各師傅，和他大鐘裡的齒輪組一模一樣，缺乏保養滋潤，以致全身體液再也無法循環。他工作過度，在他的血脈中，日液與夜液的反向並未依據自然節奏進行，而是由他的腦袋來控制；他

幾個月來激烈密集用腦，卻仍無法解盡龐大事業所造成的饑渴，於是腸竭思枯，額前縮瘤，布滿皺紋，好似一顆突然被抽乾汁液的蘋果：此外，這位大夫認為，所有鐘錶師傅應該都患有此症，且比一般人老得快。誰要去沾惹逝去的時間之流，必然有所損傷。建議將一盎司貓魚肝油調上瓦拉瓦河的夜流之水稀釋，按時飲用，將可恢復元氣健康。

第一位大夫仍苦著一張臉，冷笑了兩聲。是啊，在這種時候是該多喝水，因為現在該替病人放血，除去沉積在他體內的多餘血水。雅各師傅大叫：「我沒生病！都是你們害我浪費太多時間！」

兩名醫師將此事回報總督大人。他們轉述鐘錶匠無禮的話語，判定他已發瘋。但總督反而對這位師傅更加崇拜，驚嘆他將時間計量得那麼精準，竟然還能把它給「浪費」掉。

雅各師傅回到工作坊。一天又過一天，那些人物自動裝置逐漸呈現出了個雛形；一位畫師加入團隊，負責裝飾鐘面，並賦予鐘錶大師的夢想形貌與色彩。

抵達此城三年後，所有工匠同來見證，雅各師傅終於替大鐘進行了最末的調整。在巨大的齒輪組、發條、塔輪、鏈條及鐘錘包圍之下，這個小世界運轉起來。透過一組特殊的機械裝置，鐘面到了晚上會變換顏色。夜裡，星星出現，月亮以一塊月光石雕成，展現人們在天上可見的每一種月相，描述那二十九天一循環的週期。

正如預期，揭幕儀式在冬至慶典時舉行。整座城都在等這刻來臨，為了這個大日子，再怎麼美麗都不為過：華裳、旗幟、面具、小燈、大燈，全部出籠。正午一到，一尾機械魚從大鐘的一道活門躍出，排鐘使勁響起。同時總督的手勢揮下，漁夫們放出一條傳統的金身貓魚跳入水中。然而，接下來的盛宴卻不如以往熱鬧，每個人都焦躁地悄悄盯著大鐘的指針，看它們一絲不苟地行進，當然，天色尚未完全昏暗，但為什麼河川的怒潮遲到這麼久？當大家引頸企盼的波濤滾滾於大河之上時，指針標出五點十七分。同一時間，黑夜之王的短笛及皮鼓奏響，宣告嘉年華會開始。觀禮臺上，人們互相擁抱，讚美雅各師傅和他的所有工作人員，在這次節慶中，他們才是真正的王。

雅各師傅一直待到春天，那是調整機械運作的季節，

如此一來，他的傑作更臻完美。然後，他便啟程回鄉，衣錦榮歸。

世界各地的人都來看這座鐘。每到整點，每到半點，鐘聲都會響起，宣揚它的分秒不差及精細運轉，令人讚嘆稱奇。匆匆飛逝的時間，變幻無常的時間，終於被拴住了，終於被馴服了，繞著軸心行進。城裡有一顆心規律地跳動，調節安排所有活動，為每個人計算相同的鐘點。即使大霧瀰漫，仍聽得見正午鐘響。瓦拉瓦河的魅力必然因此稍顯遜色，而城市本身，則失去了些自在悠哉。工作，工作……大鐘上的指針疾行不倦，教人憶起戴著皺毛帽的鐘錶師傅，總是踏著碎步，急急忙忙。現在，時間能被衡量了，於是再也沒有人想浪費一分一秒。然後，大眾共有的大心臟不久後有了許多小孩，與它一起合唱機械之歌：

這是因為，家家戶戶都出現了掛鐘。金屬製的小牙齒，從不疲累懈怠，一面計量時間，一面啃噬生活。一天，一位市政官靈光一閃，發現瓦拉瓦河的水流也能被調節，這麼一來將有利於航運，不過那已是雅各師傅去世之後的事了。人們開挖引流河道，蓄水庫，於是為城市帶來歡樂時光的怒潮消失了。此後，大家再也找不出什麼好理由來繼續支付白晝之王和黑夜之王的昂貴開銷。

這個故事發生之後許久，在河川一道枯竭的支流裡，一名漁夫從淤泥中拉出一尾尚未完全腐爛的貓魚屍體。那是一尾非常獨特的魚，魚鰭和魚背斑駁地鍍有金箔。漁夫用隨身小刀，極有耐心地刮著魚屍，手掌心裡收集了細薄的金色鱗片。

那是古老光陰唯一殘留下的事物。

公雞和貓頭鷹的
自動裝置

繪有瓦拉瓦河漁夫的看板

白晝之王的船艦

春分慶典，公雞與貓頭鷹鬥技

白晝之王的皮鼓

雅各師傅的工作坊

區界關口

夜間醫師

黑夜之王的船艦

睡眠販子。
他販賣夜流之水，此水有助
好夢，並能治療失眠。

北方沼澤

瓦拉瓦河的發源地和注入地都在北方沼澤。
在那裡，天色永遠分不清白晝或黑夜。
睡眠症侵襲整片沼澤地，
患者永遠漫無目的地夢遊。

「北方沼澤怪」擱淺在瓦拉瓦河畔

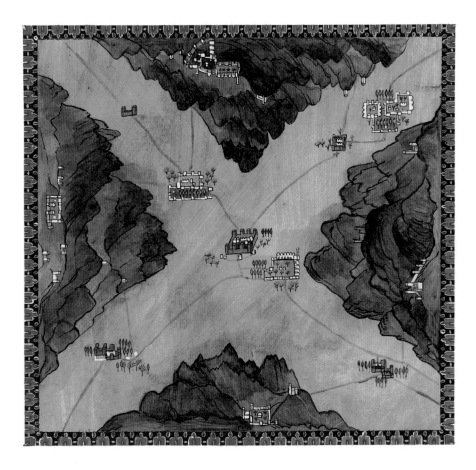

星礫國
Le pays des Xing-Li

星礫國位於好幾條沙漠商道的十字路口，昔日經歷經繁華盛世。
光提起這個國家的名字，彷彿就聽到錢幣在商人手掌中叮噹作響。
但大漠狂風吹枯了花園，城鎮化爲廢墟。
如今，在星礫國裡，僅找得到一種生意，賣的卻是難以觸摸的無形商品——故事。

　　日間的強力熱浪催人昏昏欲睡，綠洲在黃昏時醒來。大輪篷車由駱駝拉著，吱吱嘎嘎地輾過。和每晚一樣，老桓坐在家門口等候。他圈起手招喊一位車夫，找位置坐下，車裡已擠了十五名乘客。只要一塊銅板，就能上路前往沙之城，彷彿搖籃裡的襁褓，在微醺的古老篷車裡搖搖晃晃，夢眼癡醉，傍晚的涼意為臉頰添加了幾分光彩。

　　城裡荒涼的屋牆裡早已無人居住。然而，到了夜裡，卻處處擠滿人潮。其實，人們從大老遠趕來，就為享受一種娛樂：聽故事。高大的城門前，各類商販雲集，有解說星座運勢的、賣護身符的、看手相的、頂缸隱士、流動法官和媒婆，賣藥的帶著五顏六色的瓶瓶罐罐，磨字的將羽毛筆插在帽子上，墨水瓶端在手中，付兩枚方孔銅錢，他就替你寫出你不知該如何表達的話。在那裡甚至可能遇見死神，祂喬裝掩人耳目，混在看熱鬧的人群中，飄在露天小吃攤的繚繞香味中──總之，有人發誓曾親眼看見祂，說祂化身為一個瘦癟的老太婆，眼睛又尖又小，宛如井底兩顆石頭，固定在目光軌跡上，溜溜打轉。

從人群的動向可知：說書人來了。老城牆下，拱廊的角落裡，他們將攤位擺好，點亮彩色燈籠，周遭很快便聚集不少老聽眾。他們暗暗觀察競爭對手的生意，一面排練幾招把勢，開嗓練音效，同時點頭招呼人群，刻意放聲大笑。

桓從容不迫地走著，步伐很小，遇到認識的人便微微欠身，然後繼續閒逛。他喜歡在戀月狐廣場稍作停留。幸運的話，在那兒可以看到納斯胡登・侯嘉的表演。那傢伙長得圓圓滾滾，穿著滑稽，講起話來像放連珠砲，毫無疑問是最偉大的賣藝笑匠；他專門誇張促狹，荒誕無厘頭，無聊低級，蠢話連篇，還外加一籮筐連說謊家也永遠想不出來的無稽之談。遊客遠遠就能認出他，一陣陣宏亮的大笑，對他的風趣演出致敬。納斯胡登不需要事先在籠子裡偷藏笑臉蟾蜍，就能帶動愉悅的心情。他也不用吃下挖苦樹的種子，嘲弄戲謔，靈感一樣源源不絕。他四周擠滿了密密麻麻的觀眾，在他突然轉向時分散開來，在他經過時前擁後簇，跟在他身後，撞來擦去，一擁而上。他是一位操弄荒謬與嘲諷的藝術家，是充滿智慧的愚人之王，是專搞破壞的天真王子。有些人哀哀求饒，雙手扶著腰，跌坐牆腳，眼中充滿淚水。若讓納斯胡登看見他們這副惹人厭的模樣，他們可就要倒楣了，他那張永遠讓人驚嘆的滑稽笑臉就會轉向他們，並唱上一大段長篇獨角戲，直到他們耳朵出油，無力招架。那天晚上，他興致特別高昂，一位觀眾邊聽他說書邊吃著煎餅，差點兒沒被噎死。

即使像桓這樣一個老人，也得等笑嗝完全停止，才有辦法繼續往前。他一邊還咳嗆幾聲，一邊走上四跛貓街。在昔日的香氣市集上，幾百位遊客正在聽卡拉古爾說書，在沙漏故事這個領域，他是一位大師級的藝人。此人想像力既敏捷又豐富，而且涉獵甚廣。透過他的一舉一動，所有稀奇古怪的角色活靈活現；他的聲音能完美模仿各種奇特怪異的聲響和喊叫，以及動物間的對話，甚至是喝得紅通通的醉漢驢吼。他一面敘述，一面注意漏下的細沙，色彩繽紛的沙粒，緩緩地，在沙漏下層的瓶身中，堆積出一個形體。卡拉古爾總在最後一粒沙子落下的同時，結束故事，劃下精彩句號。這時，觀眾可以看到：沙漏中的圖案恰如其分地呈現剛才聽到的寓言，見到此景，人人皆驚訝得目瞪口呆。桓付了一文錢買帳，再度閒逛。步履朝某個方向前進，並非任由偶然領路。他大可拖延，任意躊躇，

然而,他終究越過戰鼓如雨橋,熟悉的痛楚再度襲來。再一次,他感到心又激動狂跳。於是一陣氣短,他不得不靠著橋上的欄杆坐一會兒。

桓覺得自己老了,真的老了。稍遠之處,賣風的小販們盤據,守著關在甕罐裡的呼嘯暴風,還會講美麗的航海故事給你聽,聽得你天旋地轉,暈起船來。不過,桓需要的不是那鹹鹹的海風。那些故事他大致都清楚,其中刻意捏造的部分,那引人入勝、深陷著迷的成分,進入晚年後,他天天都在親身經歷——那些讓人害怕、不敢高枕而臥的故事,那些給人歡笑、那些催人淚下的故事。他的記憶已被占滿。他早就全部聽過一遍了,他心裡這麼想;然而,現在卻又再度受其魅惑煎熬。他得去赴某個約會,時間快到了。他一隻手撐著牆,一隻手放在心口上,試著調整呼吸,一步步登上失蹤兒路的階梯。

她在那兒,獨自坐在小廣場中央。她坐在一張毯子上,不在乎孤單;只有一盞陶土油燈發出亮光,燈焰隨風搖晃,似乎隨時就會熄滅。在桓的心目中,她無疑是最出色的說書女,與她相比,連莎赫札德*的星星都黯然失色。然而,與《一千零一夜》中的刺繡女子不同的是,眼

前這位說書女只講一個故事,永遠只有那一個。幾個月前,想當初,她剛到城裡的時候,吸引了多少觀眾,就連偉大的納斯胡登也甘拜下風。不過,後來人們對她的故事漸漸倦了,相繼離去。一星期前,還有六個人左右來到這裡,但這兩、三天,桓已是唯一聽眾。為了做做樣子,他勉強自己先到其他區去逛逛,假裝不經意發現這個偏遠的所在,做出吃驚的表情。但事實上,一到傍晚,甚至在坐上篷車之前,他念茲在茲的,在心頭隱隱刺痛著的,只有這一場會見。

他們之間的儀式始終不變。桓作勢詢問是否還有空位,她狡黠地攤手,回答位置不缺。桓遞上一枚銀幣,再加上一朵茉莉花。他坐下,整理長衫衣襬,故作神情凝重,不敢看她一眼。說書女從披肩裡取出一幅袖珍畫像,上面畫著一位極為年輕貌美的女子。接著,她雙手捧著畫像,開始述說。

古早以前,翠玉國歷代皇帝都會收到四方進貢。各地使節的旅隊將各種珍貴寶物及從大地擷取的豐富資產呈到帝王腳邊,前所未見的陌生族群,來自千萬里之外的人民,皆前來叩見。這支尊貴非凡的血脈裡,有位年輕皇

*譯註:莎赫札德(Schéhérazade),《一千零一夜》中說故事的宰相女兒。

103

帝，一天，在成堆的禮品中，他收到了一幅畫像——正是說書女手中這幅，她的手臂伸向前方，平移了大半圈，好讓在場的人都能目睹，雖然，如今只剩一人在觀看。畫像中的公主將許配給年輕的玉皇帝。這位君主和他的祖先不一樣，並未輕蔑地撇嘴，反而再也無法移開目光。雖然他的後宮已納進多位天下最美麗的公主，環肥燕瘦，各有千秋，華服香鬢，嬌豔動人。但是，在接下來的那一天裡，年輕的君王茶不思，飯不想，日夜僅對這一幅畫像凝望，教身旁的可人兒好不沮喪。一大早，他擊掌叫喚侍從，命令他立刻去把畫中女子找來。他一刻也不願多等，想早日開心擁她入懷。侍從遵命照辦，騎兵馬上出發尋找那位公主。所有人都空手而歸。事隔一個月後，最後一位騎士也回宮了，帶著滿身泥漿，精疲力盡。進貢這幅畫像的使節早已離去，他來自一個毫不起眼的小國，沒在宮中大臣的腦海中留下任何印象。那個國家必定規模極小，因為沒有人找得到一點蛛絲馬跡。最好還是放棄吧！那只是一幅畫，不是一個人。此時大家還發現了一件事，但卻沒有人敢告訴皇帝：至今已有十幾幅類似的畫像呈送宮廷，可是從未有任何一位畫中公主有過下文，而那些畫像占去宮中

一座廊廳，早已無人探訪。

然而，年輕的君王無法克制衝動，任憑情感用事，陷入暴戾狂怒，下令在翠玉國中每個角落仔細搜尋，累得大臣個個焦頭爛額，惹得各國使節厭惡不快。他雇用朝聖信徒和商販，求神問卜；並購買器具觀看幻象，毫不吝惜大把銀兩，而這一切花費努力卻不見任何成效。為了發洩心中不滿，他頒下聖旨，凡膽敢批評這場尋人行動，謂之勞民傷財又沒有結果，並請求他放棄的廢物，一律斬首勿論。事態一發不可收拾，到最後，他決定要親自出馬……

整段故事中，桓最喜歡這個部分。聽到這裡，他總覺得離宮上路的是自己，他閉上雙眼，陶醉在說書女的聲音中，親身經歷玉皇帝那絕望而漫長的尋覓。事實上，年輕君王移駕時，帶上了許多跟班，用的是搬遷整座宮廷的豪華排場。然而，一個月一個月過去，路程愈走愈偏遠，他不得不慢慢將就些，捨棄舒適闊氣。京城宮中有人陰謀策反，京城外的城鎮瘟疫蔓延，叛亂四起，邊疆上戰火蠢蠢欲動，一觸即發，洪水旱災連連，翠玉國處處鬧饑荒，但這一切仍無法動搖他的決心。在生命旅途上，他繼續向前，聽從一塊指向毀滅與不幸的羅盤。大臣、護

衛、侍者，一個接一個背棄他，捲走他僅剩的財物，遠走高飛。

說書女描述玉皇帝所經過的城鎮，提及那起了皺褶的畫像，平時裝套在一個小絲袋中，而絲線日漸將人像磨損；她形容被詢問到的人們發出怎樣的笑聲，或如何尷尬不語。她說，歲月將玉皇帝催白了頭，不過，誰還敢稱他是個皇帝呢？誰能相信，那樣一個衣衫襤褸的流浪漢竟是一個繁華大國的君主？何況，說他是流浪漢嘛，還不如說是個瘋子吧！他對著太陽和月亮說話，排除萬難，歷盡艱辛，一路風霜，卻始終漠然以對，彷彿一縷幽魂，迷失在茫茫人世。

一天早晨，他醒來以後，突然一陣怒不可抑。他對畫像生出一股恨意，憤恨無比，與當初對它的愛一般，劇烈且毫無理性。他用盡全力，將裝著畫像的絲綢小袋扔得遠遠地，暗暗希望會有另一個男人，另一個可憐蟲，承接他的不幸，也對畫中那張臉龐深深著迷，難以自拔，希望那人領略到和他同樣的喜悅，同樣的痛苦，最後，也墜入同樣的絕望深谷。

長久以來第一次，他對於自己身在何方有些擔心。他正走在一條古老的商路上。詢問過路旁一位農夫之後，他得知自己位於星礫國，百姓皆是商人，但眾人早已與財富無緣，於是此地如狂風掃沙，人煙四散飛滅。

桓走進了一座小村，貧瘠窮苦，宛如大漠中隨意棄置的一把磚土。一支旅隊，約有三十來匹驢子和騾子，正準備上路。桓走上前。旅者並非商人，而是一位說書人，他一面說自己是星礫國最偉大的說書人，一面滑稽地作了個揖。接著又加強語氣解釋，旅隊載運的是他的藏書，那些書籍他從不離身。桓對這些話顯然很感興趣，而且流露出欣慰的神情，慶幸自己總算遇到了個讀書人；眼看如此，說書人邀請他同行，在旅途上好做個伴兒，並請求他將自己的遭遇一點一滴地詳細講述。

「您可知道，」等桓講完之後，說書人問他：「我們現在走著的這條路叫什麼？」

桓坦承不知。

「公主之路，」說書人告訴他，並繼續：「此路連結星礫國的三個主要城市。過去，星礫國以美女和優秀的手工藝品聞名。袖珍物，特別是畫像，是產量最多的工藝品。商人拿來販賣，最漂亮的畫作能換到幾包絲綢，或珍

珠項鍊。那些畫流傳過好幾人之手，經過許多國家，毫無疑問地，您故事中說的那一幅，有一天傳到了某位使節手裡，他把畫獻給玉皇帝，完全沒去顧慮後續的發展，以為皇帝根本就不會用正眼瞧上一眼。所以，如果你說的都是真的，那麼，那幅折磨了您一輩子的畫像，您已經將它帶回故鄉了……」

說到這兒，說書人發出一聲響亮大笑。桓也跟他一起呵呵大笑。不過，他也領悟到一件事：從此之後，畫像將永遠成為他個人的祕密。在那個遙遠的春天，當他初次收到畫像，湧現心中的那股強烈感受，沒有任何故事能傳達重現。唯獨他才知道，他愛上的不僅僅是一幅畫……

說書女用披肩把袖珍畫像裹起來。她是位老婦人了，卻仍非常漂亮。她的玉手纖長，臉龐上皺紋分布得優雅，仍然秀麗動人。至於她的雙眸，宛如兩池靜謐的黑色湖水，經過眼線襯托，顯得更大更深。桓簡直不敢注視，即便他其實無比渴望。或許今晚試試看？他輕嘆一聲，鼓起勇氣，但口中所吐出的話語卻完全違背他的心意，這麼久以來，他想說的根本不是這樣，卻還是聽到自己問著：

「我能再看一次那幅畫嗎？」

說書女的眼睛蒙上一層哀傷，黯淡下來。她將老人想看的物品遞上前去。那樣事物那麼地迷人，桓雙手顫抖，捧著它，目光再也無法移開。

「你是誰？」說書女終於打破沉默，問道。

「他們叫我桓，」老人回答，茫然迷失於思緒中。「以前，我是……唉！那不重要了。」他嘆了口氣。

「看看我，桓，求你看看我。你手中捧著的就是我的面孔。」

接著，說書女捻起面紗一角，拭去玉皇帝臉頰上的一滴淚。

前往翠玉國的使節團

說書公主

星礫國的劇院篷車。
有些人從自己的國家出發，
最久要走一年以上，
才能觀賞這類篷車表演。

頂缸隱士。
由於嗓音低沉，
他們也被稱做「呼喊者」。

舞者模仿青蛙寓言的片段

一位流動法官。
他帶著一只小銀盒，裡面裝有一隻蜘蛛，
能讓被告者較容易陷進他的套話網絡。

星礫國的文法家，
通曉四種語言。
沙粒之語：文字。
皮毛之語：動作。
織布之語：話語。
珍珠之語：眼神。

馴怪師。
藉由一群年輕女孩在腳踝上
繫上鈴鐺舞蹈，馴服此類
怪物在洞穴中束手就擒。

星礫國的文法家

販賣沙漏故事的
說書人

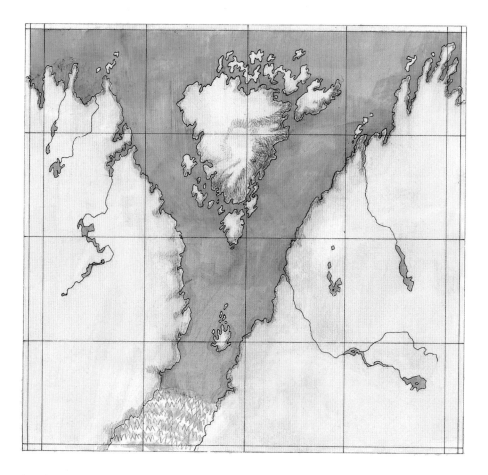

亞雷烏特國
Le pays des Yaléoutes

某日，一群奇怪的藍衣人乘著一艘大帆船抵達亞雷烏特王國。
離開時，他們帶走了長老的兒子，年輕的獵人諾伊克，邀他參觀他們那位於遠方的國家。
幾年之後，大帆船回來了。所有族人都到灘岸上迎接。

　　藍衣人的船艦在海灣中央拋下鐵錨。兩艘小艇放下水面，撤離纜繩，然後以整齊一致的動作划槳，抵達灘岸。遠處，一座冰山漂流到汪洋大海，在雲灰中點上一抹閃亮的鹽白。亞雷烏特人紛紛走出村落，前來迎接大帆船上的外國人。儘管惶恐不安，他們仍正面迎向外國水手。很長一段時間，周遭靜默無聲，僅有一隻海鳥突然下潛海中，擾亂寂靜。終於，一名藍衣人越過村民與他之間的防線。起初大伙兒有點迷惑看不清楚，隨即發出陣陣歡呼驚喊：諾伊克，諾伊克回來了！的確是他，穿著一身滑稽的服飾。的確是他，但是不一樣了。不僅是衣著。在他的步伐、姿態中，某種東西，改變了他的形象，與當初人們認識的那名獵人兼短槳好手相去甚遠。當他過來與父母互碰鼻尖時，身上所散發出的，也是另一股全新的氣味。

趁著族人團聚相見歡，船長也上岸了。他走到諾伊克身旁，手搭著他的肩，大聲說了幾句話，用的是他藍衣人的語言。諾伊克翻譯他所說的話。亞雷烏特族人個個目瞪口呆：諾伊克現在也會說藍衣人的話了！村長托諾亞即時發表了一段冗長的歡迎詞，聽諾伊克翻譯每一句話，點頭認可，神情嚴肅，然後，蹣跚地走向前，鼻尖摩挲船長的鼻尖，作為演說結尾。船長嚇了一跳，面容扭曲，逗得雙方人馬哈哈大笑，掌聲如雷。

接下來進行交換禮物的儀式：兩名水手搬來一只木箱，從裡面拿出色彩繽紛的呢絨布、被毯、玻璃珍珠、刀具、鏡子和鐵斧刃。野生部族則贈送動物皮毛、以鳥羽裝飾的斗篷及貝殼項鍊作為回禮。

船長下了個命令，諾伊克握住一管雷電棒。他將火藥倒入藥池，咬牙撕開一個紙做的彈筒，拿一根細棒將彈頭和紙筒一起推入槍管底部，將上了子彈的長槍遞給托諾亞。亞雷烏特人個個摀住耳朵，臉上閃著光彩，既害怕又期待。托諾亞將長槍對準天空，但是什麼也沒發生。他疑惑地看了諾伊克一眼。年輕人環住他的肩膀，將他的食指放在扳機上，然後扣下。火光、雷鳴般的槍響、如雲的

濃煙，引發一陣小小的驚慌。犬隻猛吠，孩子們或哈哈大笑，或大哭不已，被火藥的味道嗆得不停咳嗽。托諾亞洋洋得意，高舉他的村長大禮，驕傲地揮舞。獵人們從喉嚨深處發出咯咯傻笑，大加稱讚。

當然，大伙兒一起大吃大喝，狂歡作樂，直到深夜。諾伊克得到船長同意，准許他在村裡過夜。

天還未亮，諾伊克便已清醒。泥炭和柴火的味道，沉睡族人的氣息、鼾聲、抓癢的聲音，以及所有深夜熟夢中發出的細微響聲，將他帶回人生的第一階段。他靜悄悄地走出門外，沿著沙灘，走過一艘艘獨木舟，船頭雕有圖騰，面向港灣停泊；然後，來到他所熟悉的小徑，攀越過森林。薄霧之中，獨角鯨號打鐘報時，宣告第一個早班開始。這些藍衣人實在是一支奇怪的民族！他離開家鄉，去探訪他們的國度，直到現在，他還不太能夠想像他們的城市究竟有多麼遼闊，他們的機械與武器多麼力量無窮，平日的生活多麼奢華富有。他很驕傲那些人對自己的部族感興趣，但是同時也逐漸心生恐懼。他已學會辨認他們那種獨特的輕蔑，那種優越感；他每每從船長的眼神和話語中尋到端倪。部族的手勢及服飾都讓族人引以為傲，而這會

兒，在外人目光無情的注視下，不由得暗暗羞愧，不好意思與族人分享那份驕傲。要等到四下無人他才敢更衣，在銅釦呢絨短服上加披了蓑衣，現在正好抵禦森林的濕氣。一群野雁嘎嘎飛越鯨魚島上空。根據聲響研判，他知道牠們正朝位於灣口的五指岬飛去。

村落逐漸甦醒。可聽得清喉嚨的漱口聲，犬隻尖聲嚎叫，青翠的林野中，炊煙筆直升起，像一縷灰色的羊毛線。他下山回到部族，托諾亞立即把他帶到一旁，詢問他的意見：來次大規模獵海象行動如何？藍衣人大船的首領一定會很高興。諾伊克贊成這個好主意。談著談著，他突然驚覺自己地位特殊。媽媽們把他介紹給二八少女，孩子們跑來玩他衣服上的釦子，年輕獵人們要不是太莽撞就是太害羞，至於托諾亞，則不斷向他徵詢意見……他真的變了這麼多嗎？

晚上，船長邀請部族裡的顯貴上船晚餐。造訪船艦時，他們七嘴八舌地評論，聲量大得連村子裡都聽得見。

隔天，鄰近各村的獵人紛紛現身，跑來參與海象大狩獵。前一天已有三艘獨木舟出發，先行探勘情勢。大伙兒備妥魚叉和長矛，替短槳上油，「好讓它們在水中更滑溜」，並仔細檢查皮繩。村中婦女將以魚鰾精心縫製的浮囊充氣。突然就那麼一下子，大伙常用的語言被喝令禁止，新字眼如雨後春筍般冒出，現在大家不是要去獵海象，而是禮貌性地拜訪「長著鬍鬚的魚類之父」。孩童不應再嬉戲，且不准吃喝，須將小貢品捧到屋舍的雕柱下放好。藍衣人們帶著嘲弄挖苦的目光，冷眼瞧這一切準備工作。

托諾亞邀船長搭乘他自己的獨木舟。船長答應了，他為之雀躍不已。說實話，將官眼見下水儀式操作得如此冗長奇特，覺得十分古怪。大副爬上諾伊克的獨木舟。海灣裡布滿了舟船。上百隻船槳，彷彿出自同一人划動，整齊劃一地將他們推送到汪洋大海。他們繞過五指岬，大洋上的浪濤立即將獨木舟船隊哄擾得亂七八糟。但小舟卻仍操控自如，令人讚嘆，輕巧地穿梭於潮水波谷，乘著洶湧海浪，穩穩保持航向。遠方，烏鴉灣的峭壁聳立，上面處處留有海鳥的糞便痕跡。岩壁之下，一群海象，少說好幾百頭，懶洋洋地躺臥在彼此身上，哞哞叫著，鼻尖朝向盤旋在牠們上方的海燕和鸕鷀。突然，一頭伺哨中的公海象發出警戒訊號，於是，海水如沸騰般洶湧狂晃，幾百條光亮

的背脊爭先恐後，混亂地潛入汪洋深處。領頭的獨木舟上響起一陣呼嚕叫嚷。獵人紛紛射出魚叉，而小船甲板上，藍衣人手持火槍，砲火齊發，槍響連連。托諾亞仿效他的嘉賓，也拿起長槍開射，一面還發出駭人的戰吼。一艘獨木舟翻覆，三名獵人慘遭沒頂，然而眾人漠然以對，他們還在為那一場大開殺戒陶醉不已，心尚在怦怦狂跳。那真是一場美好的狩獵。

岩石上，鮮血淌流。第一頭獵殺到的海獸被瓜分成好幾塊，獵人們將血淋淋的肝臟獻給貴客，藍衣人卻面露不悅，撇嘴拒絕。諾伊克拋開一切拘謹，滿懷感激地接下他那一塊，還特意嚼得津津有味，眼珠子轉啊轉地，吃得滿嘴滿臉，喜悅之情表露無遺。眾人凱旋而歸，抵達村落之前，槍火連發，凱歌高唱，宣告獵隊回程。多虧得那些浮囊，海象的屍體能輕易拖拉運回，而一到婦女手中，巨獸立即變樣，速度之快令人瞠目結舌。切塊、剔骨、刮皮。犬隻在棄扔給牠們的殘骸中翻攪。熊熊大火升起，預告接下來將有一場盛宴。

獵人們整夜歡舞。村民中僅有部分人士，年紀最長

的老人們，到聚落外的一幢小木屋迴避。狩獵歸來的第三夜，鼓聲迴盪，召喚整個部族到大屋前集合。一只只木箱中裝著慶典服飾及用獸爪和貝殼串成的飾品。諾伊克忍不住想替自己打扮赴宴。人們戴上面具，一個接著一個，踏入慶典門檻，隨著鼓聲與聖歌的節奏，左右腳交互單跳。有些面具表現人類，戴上皮毛縫製的鬍鬚和眉毛，有些則呼喚狐狸、老鷹、熊或烏鴉的神靈。軍官與水手個個互推手肘，指著舞者用來操作活動面具的粗繩大笑。眼前這幅場景，想必令他們憶起遙遠故鄉裡的破爛小馬戲團，走過一場又一場廟會，賣藝討生活。然而，火光投射出他們舞動的身影，單調的喉音歌曲聽起來一點也不像人唱的聲音，這群村民興奮狂熱，沉醉在他們原始的夢境中，還有那充滿傳奇、魔幻、靈巧的舞蹈，生動地呈現出獸靈的動作與狡點，即使是最愛猜忌的觀眾，也終於為之深深著迷。是的，諾伊克為族人感到驕傲，他們能與皮毛族和羽毛族的大兄長們如此契合神交：他們富有強大，卻欠缺這麼一片廣大荒蕪世界的理解，以及黑夜中揮之不去的顫抖記憶。

隔日一整天沒安排節目。亞雷烏特族尚未從通靈儀式

中恢復心神；眾人無所事事，遊魂似地四處晃盪。而藍衣水手們，儘管長官明令禁止，早已平分了燒酒飲下；獵人們步履跟蹌，臉上猶掛著有點癡傻的幸福微笑。

獨角鯨號上，船長正在評估現狀。大寒流即將來襲，距離完成拓荒任務的期限還有兩個月。他計畫往上航行到北海岸，然後，回程的時候，將亞雷烏特灣一併納入接收，這樣就多了一次補足飲水及糧食的機會。他派人叫諾伊克過來，命令他召集村裡所有長老。船艦上，隊長吹哨集合全部組員。藍衣人的國旗飄揚船尾，船隊人員在甲板上整齊排列。船長的小艇上掛滿了彩色旗幟，再度划向岸邊。軍官們都穿上禮服。新的禮品一字排開。船長對亞雷烏特族的熱情好客表示感激。他向他們提出邀請，簽署一份協議書，永久鞏固雙方友誼，一段繁華新紀元也將為他們展開。他神情莊嚴，極為隆重地攤開一卷紙軸，開始宣讀。這張紙上說，他以國王的名義，接管亞雷烏特灣，與所有在此入海的河川、海灣、湖泊、林野、荒原和森林，村落和漁產，以及從今往後這片土地上的所有動植物資源。亞雷烏特部落中的各族，根據此份協議書，願尊崇國王為最高君主，並發誓絕對服從忠誠，以換取國王所同意

給予的保護。船長在宣言後加上日期時間，然後在協議文下簽字，並邀長老們一起簽署。諾伊克翻譯時，喉嚨中彷彿卡了一團線球。不過，沒有任何一位長老移步上前。托諾亞十分激動，代表全體發言：

「我們亞雷烏特族不能替其他植物和動物族群決定牠們的命運。無論大地、水或天空，都不歸我們所有：我們又怎麼能給你們呢？我們必須徵詢鳥族長老的意見。」

船長頗為惱火，轉身問諾伊克：

「鳥族長老是個什麼東西？」

「他住在海灣深處一座島嶼上，是我們之中最年長、最有智慧的人。如果你那張紙上須留下筆跡，那也非得出自他的手才算數。」

將官漲紅了臉，對著長老們凶猛地責罵起來：

「世界上還有許多其他國家。如果你們不肯簽署這份協議書，別的藍衣人也會找過來。他們可不會像我這樣，尊重你們的一切，包括你們的習俗和神明。到時他們會強占你們的獵場，摧毀村莊，將你們的族人流放……」

長老們仍不肯妥協。船長同意與鳥族長老會面，但下令要長老們陪他一起去。他們卻再度拒絕，說沒有事先告

知，不宜這樣貿然造訪。於是水手強行架走其中最有威望也最受敬重的托諾亞。

「這一位要陪我去見鳥族長老，」船長咬牙切齒地說。「至於其他人，你們給我在這裡等著！誰要敢動一下，我就讓雷電棒開火！」

隔天早上，獨角鯨號啟航，遠遠地，亞雷烏特獵人的獨木舟跟隨在後。

航行了一天之後，終於在海灣盡頭抵達鳥族長老之島。暗沉的島嶼聳立，後方襯著一座冰河如城牆，閃映著冷冷的藍光。整座島是一塊潮濕的大岩盤，黑松密布，鋸齒狀的海岸蜿蜒崎嶇，堆滿了漂流浮木。獨角鯨號繞到島後方，在一座小灣拋下船錨。軍官、船長、托諾亞和伊諾克下船。年輕獵者帶領一群人走到長老的洞穴。長老出來接見，雙腿發顫，搖搖欲墜。

船長不耐煩到了極點。這個邋遢噁心的老頭，因年邁禁不住寒冷而發抖，穿得一身破破爛爛。而另外那兩人竟還對他鞠躬行禮！這樣幼稚的行徑，真是太荒唐了！倒楣的是，他需要一位亞雷烏特首領的簽名，就算畫個叉也好，協議書才能生效。於是他把協議文重新宣讀一

次。諾伊克譯述得非常慢，緩慢得惹人惱火。鳥族長老抓撓身體搔癢。他的頭上戴著一頂不成比例的怪帽。說那是帽子還太抬舉它了，該說是一堆鳥羽、獸毛和小樹枝搭成的亂叢比較貼切。而現在，他的頭抬起來了！帽子裡隆起了一塊！那根本是一座鳥巢！一對小小的鷗鴣住在他的腦袋上！

長老拒絕簽字。

「兩族交好我並不反對。但是，亞雷烏特國屬於所有居住在這片土地上的生物。只有等我們的鳥族兄弟和魚族兄弟都明瞭協議書內容之後，我才能簽署。」

船長滿臉通紅，怒氣炸了開來：

「鳥族也要發言權！」

他大步走向長老，硬生生地扯住他，大力搖晃。

「鳥族的發言權，嘎？！」

他突然伸手到長老的帽子裡翻攪，反手揮趕兩隻飽受驚嚇而飛拍起來的鷗鴣。他在帽子裡找到兩顆蛋，把它們湊近長老的鼻尖，然後猛力甩出，將鳥蛋砸碎在一塊石頭上。

「你看看我怎麼應付鳥族的發言權！」

然後，他粗魯地抓住老人的肩膀，把他推給水手。

「把他架上船！到頭來他總要簽名的！」

他們回到小艇上。諾伊克咬著牙，緊握雙拳，既羞愧又氣憤。在托諾亞的陪同下，長老被粗暴地推上甲板。船長高聲叫喚諾伊克，走到他面前，戳他的鼻子，指著兩名囚犯，命令他：逼他們簽署協議書，若敢不從就將他們處決。諾伊克面無表情，不動聲色。不過，船長怒氣沖沖的吼叫被一名水手打斷。所有目光投向島嶼，朝水手所指的方向望去。幾百艘獨木舟，載滿手持武器的亞雷烏特族人，全體無聲無息，從各個海灣湧出，朝獨角鯨號飛駛而來。他們不再是獵人，而是戰士，划槳迎向藍衣人，攜弓帶箭，還有戰槍及厲害的破頭槌。短兵交接勢在必行。

船長立刻恢復理智，冷靜下來，一眼就判定情勢。亞雷烏特族人數眾多，絕不可讓他們有機會登上獨角鯨號，否則恐怕寡不敵眾。避免一對一肉搏。須與他們保持距離。利用人質。在士兵填裝大砲火藥的時候，他命令鳥族長老和托諾亞站立在船頭欄杆上，人人看得見。他打定主意，要好好教訓亞雷烏特人一頓。他們知道長槍的威力，

卻還沒機會聽見國王大砲的雷鳴。只要展現一下火力，必定足以讓他們嚇得魂不附體。先避免流血，事過之後，再來交涉談判。獨角鯨號側舷上的砲孔開啟，兩排大砲架設妥當，準備發射。船長下令將高度校準到獨木舟前方十公尺左右。船艦側翼轟隆響起砲火如雷，巨大的水柱如麥束，立即在獨木舟船隊旁炸開。

「第一次警告！」船長大吼：「下一次，我就把你們炸沉！」

諾伊克甚至不需翻譯。

亞雷烏特人匆匆撤退，速度之快，連船長本身都感到訝異。船隊一下子就變得一團亂，潰不成軍，驚慌的刺耳尖叫四起，連忙划槳逃命。在海戰史上，如此快速的退敗堪稱前所未聞。一瞬間的功夫，他們從水面上消失得乾乾淨淨，全都躲到岩石後面，縮在海灣最深處。

「好獵人，卻是一群蹩腳戰士。」船長如此研判。

他完全沒料想到對手這麼軟弱，幾乎感到失望。事情這麼快就結束了，水上餘波仍微微晃動，而爆炸的回聲尚在船桅頂冠上方隆隆作響。回聲響亮蹦彈，響徹深山，隨後留下一片空寂，靜得令人心驚。

「諸位，」船長轉身面向他的部下，他們還在回味將領剛剛耍弄野蠻人那記妙招，個個笑得樂不可支呢！「我相信這次的事件已經了結！」

然而另一種爆炸，異常劇烈，從獨角鯨號的另一側傳來，他那志得意滿的評論頓時中斷。宛如有張薄鋼板撕裂成兩半，震耳欲聾，嗡響令人難以忍受。船艦右舷約一哩之外，冰河甦醒了，被陣陣砲火擾了清夢，並彷彿刻意強調它的不滿似地，從側脊崩釋出一座冰山，規模可比小山，潛落水中擋路，並震盪出一圈圈大漣漪，不斷向外推擴，愈來愈大。最前面那股波浪，在水手們不可置信的目光注視下，全速衝出，貪婪地撲向獨角鯨號；船艦彈起，船桅紛紛斷裂，像個醉漢似地原處打轉，最後終於漂到島嶼旁，擱淺於陡岸之上，同時發出巨大的脆裂聲響。灰頭土臉，烏煙瘴氣，除了船隻沉沒，沒有挽救的餘地之外，卻也沒有其他損害。

船長受了傷，且被這一百八十度的大轉變嚇得暈頭轉向，始終還難以找回頭緒，諾伊克彎下腰，湊近他的耳朵說：「老人家可早就告訴你了——他不想簽字！」

森林獵熊行動

在北方，披著狼皮的敵人與
亞雷烏特族的戰火延燒不完。

亞雷烏特村

只有經驗老到的獵人能披上熊舞面具。
熊獸神靈的怒氣突如其來，
提升披戴者的力氣與凶蠻，
但也可能讓其狂亂癲瘋。

亞雷烏特族的作戰首領

熊舞面具

鳥族長老的小屋。
亞雷鳥特人又稱他為
「白水山雷鳴的守護神」。

諾伊克的畫像。
他用一冊藍衣人的筆記本
畫插圖,記載自己的故事。

部落各成員分食海象　　　　獻上肝臟

亞雷鳥特族與藍衣人交換禮物。

由於從冰河脫落的一座冰山,獨角鯨號遇難。

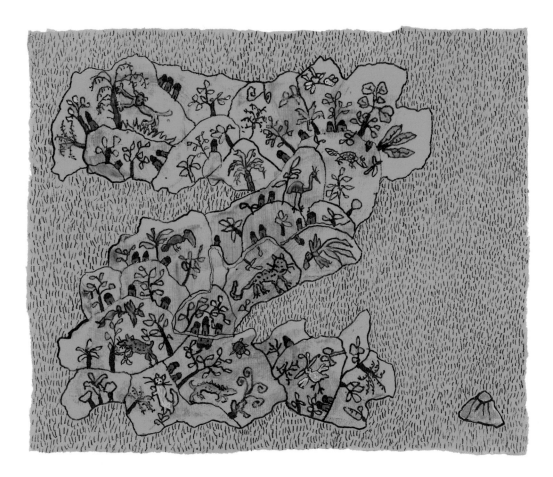

季佐特國
Le pays des Zizotls

歐赫貝的宇宙誌學家歐赫德流士被冠上了地理邪教徒之罪名，驅逐出境。
然而，流放在外這段期間，一段機緣巧遇，
激起他重回歐赫貝大島之意念：爲的是尋找草原汪洋和靛藍雙島。

又見歐赫貝宇宙誌學家——歐赫德流士

被判流放異鄉二十年後,歐赫德流士避開了通往島嶼的正規航路,暗中重回歐赫貝。船長根據他的指令,將他載到一處狹窄的沙岸。狹岸夾在新近坍落的兩面岩壁之間,退潮之後才顯露出來。這片野灘備受浪濤劇烈沖擊,距島上僅有的港口有好幾百哩。在船員協助之下,歐赫德流士搬運了十五口大箱到峭壁頂上,浪花在下方一百二十多呎處陣陣拍打。他找到一塊平坦的岩盤,面朝內陸,不受海風吹襲,便在岩塊上架設營地。船員們下山離開。歐赫德流士直到暮色降臨才把一切安置妥當。他的糧食及飲水足夠撐上十天。海潮抹去沙灘上的足跡,船隻也消失在層層夜幕中。

隔日,歐赫德流士攤開一張藍圖,用幾顆石頭壓鎮在泥土上,著手打造一架奇怪的機器。他工作有方,像在趕工的工人,盡量省去不必要的動作,查看藍圖時,只快速

瞄上幾眼。他將一些細長的木棍集中收攏，木棍上有細細脈紋突起。他把這些木棍套嵌在活節上，這裡裝上一根彈簧，那裡調整一下滑輪。整架機器逐漸成形，看上去既像帆船，又像飛鳥。那是一架飛行器，顯然他對整套機動系統一清二楚。第一天結束，他完成了骨架部分。第二天，他在翅膀的位置上覆蓋了一種布料，極薄極堅韌，必須以針線縫定，才能密實緊貼在框架上。現在，機器完工了，似乎只等一陣風吹過，繃得彎彎的薄翼即可隨時輕輕拍顫。力量強大，平衡絕佳。歐赫德流士用纜繩將機器固定，並蓋上一塊篷布。他收拾工具，放回箱內，捲起藍圖，收進圖套；而等這些最後的準備工作都做完時，一天早已到了盡頭，於是他也休息睡下……

歐赫德流士流放生涯中的遭遇

歐赫德流士一度慘遭同行苛刻唾棄，經歷審訊，因地理邪教徒一案被判終生流放。那時，他還年輕，卻不得不離開故鄉歐赫貝。迫於生活溫飽之所需，他淪為商販，買賣他最熟悉的物品：地圖、地球儀或地誌圖集。許多年間，藉著經營這門奇特的生意，他四處旅行，而這些旅行造就了幾場特殊的際遇。就是這樣的因緣際會，他認識了一名男子。那人周遊列國太多遍，已經倦了，倒喜歡在家接待那些還在世界各國奔波的人。兩人都對地理抱持同樣的狂熱，因而結成知己。歐赫德流士沒有一年不去探望這位朋友。一天晚上，友人把玩海泡石菸斗，在吞煙吐霧的空檔中，對他透露：身為旅者，他一生最大的遺憾，就是始終無法找到靛藍雙島。

見歐赫德流士對這兩座神祕的島嶼毫無所悉，男子將一份古老手稿交給他。封面的羊皮紙上寫著：《靛藍雙島回憶錄》。回憶錄的作者，阿納托・布拉札丁，在書中描述兩座島，聳立在一片遼闊無邊的草原中央，並詳細介紹當地居民的風俗民情，提及古怪的葬禮儀式，還有一種謎樣雲草的特性；最後，在附錄中，他公開了一架飛行機器的製造藍圖，他曾試圖用這部機器從大島飛到小島。

「我不懂，」歐赫德流士花了一段時間翻閱那本著作，然後說：「關於那兩座島的位置，您這位布拉札丁竟沒給出任何指示。」

「我親身遇見過布拉札丁，」友人答道：「那是個暴風雨的夜晚，快要半個世紀以前的事了。當時我不得不在

一間客棧避雨,而阿納托・布拉札丁正是店主。一整個晚上,他跟我講了許多靛藍雙島的事。他還拿了一份地圖集給我看,圖上畫有那兩座島。據他所言,那兩座島嶼聳立在一片草原汪洋之上,位於歐赫貝的廣大內陸。」

聽到這個名字,歐赫德流士心頭一驚。在擔任宇宙誌學家那段年輕歲月裡,他曾多次查詢歐赫貝那張偉大的地圖——母圖。圖上根本沒出現過靛藍雙島這樣的地方,而說那島上住有人煙,則更令人匪夷所思。曾有好長一段時期,在母圖備受尊崇的羊皮紙上,彩繪室的女製圖師們連一個人類都沒畫過。動物、植物、河川或山岳,有;居民,沒有——層層增添的景物變化抹去了人類的蹤跡。

「有時候,」歐赫德流士的朋友繼續說:「我會想,是布拉札丁故意騙我,他告訴我這個故事,只為了帶我上路。想必他已經察覺,我的生活太規律太無趣。多虧他,我才能任流浪的興致恣意奔放。直到現在我還清楚記得,當我望著一幅靛藍雙島的畫出神忘我時,他那狡猾的雙眼偷偷盯著我看……沒錯,我始終沒能抵達那兩座島——歐赫貝的內陸大地禁止外國人進入,這件事用不著我告訴你——不過,我的行囊中裝滿了各種美麗回憶……」

歐赫德流士表示想買下那本回憶錄,友人索性把書送他,看他步上自己的後塵,既欣慰又擔心。歐赫德流士請一位專門製造航海用具的木工幫忙,根據藍圖,打造了好幾款飛行機器,慢慢加以改造。有一天他終於認定,機器的每個部位都已調整到最完美的地步,於是將它拆解,暗中把它帶到歐赫貝。並在第三日的黎明,重見天日……

歐赫德流士再次渡越薄霧之河

起床之後,歐赫德流士便完成所有探險的準備工作。安裝在飛行機器骨架上的兩口囊袋空間不大,只夠攜帶一點糧食和幾樣工具,且要盡可能地輕便。他把飛行機拿到岩盤平臺邊緣,下方是一大片雲海滾滾流動。在他的國家,人們稱此景觀為「薄霧之河」。以前,歐赫德流士曾研究算出,經過其中的氣流共有七股。此時,他伺機而動,等待最強勁的那股渦流滾過腳下,那便是起飛的最佳時刻。他穿套好鞍架,戴上頭盔,雙足固定在一種鐙環中,雙手緊緊抓住控制方向的皮帶,突然縱身躍入那片茫茫雲白之中。懸掛在機器的橫楹上高速飛行,臉部因而陣陣刺痛,他找不到任何參考點,只被蕭蕭風聲包圍,如一

隻捲入乳汁漩渦的小蒼蠅，只能將一切託付運氣。剛開始他以為自己就要墜毀，因為機器朝地面急速直栽而下，不過薄霧之河的氣流又將他托高，令他感覺自己被向上吸起，吸進這一團潮濕綿柔的雲絮，白亮耀眼，連高山巔峰上的冰雪也不免遜色。接著，彷彿面紗撕裂，雲幬之下，內陸大地緩緩顯露現形。目光所及，放眼望去，這片土地變化無窮的風貌一覽無遺。簡直就像遨翔在母圖上方一樣。所有演變的痕跡，紛擾動盪，皆肉眼可辨。山岳、岩石、溝壑與斷層，丘陵、水流脈絡、點點湖泊、黑叢叢的森林，緋紅色的岩壁彷彿簾幬披瀉，在朝陽的照耀下整片通紅；沼澤如鏡，棲鳥零星散布其上，蘆葦陣陣輕顫，草原像絲絨一般柔滑，一群群哺乳動物疾馳吁吁，同受驚慌波動或任由欲望驅使。以往凝視地圖時所夢想的一切美妙，如今一幅幅展現在眼前。這段體驗持續了好幾個鐘頭。

歐赫德流士駕馭機器，朝島中央飛去，許多河川溪瀑於此匯流。他能看見細小的水光飛濺，彷彿舟船淺掠水面，航行、航行，愈來愈遙遠，航向那遼闊無垠的景觀，散布著一大片一大片的亮光，閃得人睜不開眼：那是沙原或鹽海，貧瘠不育。基本上，與曾經到這麼遠的探險家們

所描述的大致相似。

飛行機突然搖晃歪斜，乘著一陣炙熱燙風，一下子盤旋得好高。視線裡，川流消失，吸入地底，乾枯、蒸發。

歐赫德流士繼續飛翔，途中發現一片廣大的綠色原野，遠方，灰藍色的丘陵圓頂高聳。飛行高度愈來愈低，他索性試圖降落。機器頂端朝下，緩緩滑行，尾風低掃長草，機身在草上彈跳幾下，終於靜止。一側機翼破損。歐赫德流士整個人被凌亂的皮帶纏綁，想盡辦法總算卸除脫困。他按摩遭受劇烈撞擊的肩膀，站起身子。他一面撿拾裝有存糧的囊袋，一面觀察周遭地形：一望無際，全是同一種草。草莖長得比他還高，是一種美麗耀眼的亮綠，茂密、蓬勃、輕盈，草尖頂著一撮羽花，呈現天空的顏色。他只消微微一動，就引起草浪翻騰。他邁開步伐：每走一步，地上就壓出一塊星形跡印。草谷在前方一道道展開，在他經過之後，隨即闔起。草莖俯彎，淡藍色的羽花亂顫，拂掠鄰近的幾枝，依此推衍，傳播警訊，於是一陣驚惶的風趕在他的眼前，恐懼的顫抖跟在他的腳後。他用手指觸碰一根草：草莖輕顫，細葉縮捲。如此一來，凡他行經之處，散亂一地淺淺窪陷，草叢與芒花如刺蝟般豎起，

教人聯想到一個酒醉的收割人，怒氣沖沖，胡言亂語。在這樣的情況下行走，舉步艱難，累得人精疲力盡。腳步下的路甚至不成真正的路，當夜晚來臨，歐赫德流士疲累不堪地倒臥在這張被他弄得皺巴巴的青綠草床上。

與歐赫德流士一起發現未知之境

隔天，歐赫德流士清醒時，正當黎明驅趕黑夜；他看見長草的羽花染上一層粉紅。靛藍雙島的回憶錄上曾描述這種特殊現象。毫無疑問，他昨晚睡在用來紡織雲綢的雲草堆裡，這種草，在一天之中，用天空變幻出的各種色彩來妝點自己。鞋子磨腳，歐赫德流士把它們脫掉，拿起水壺喝了一口，開始思考情勢：一言以蔽之，他迷路了，迷失在不知名的所在，不可能回去了。他再度起身，發現腳下的土地變得柔軟。碰到他時，雲草仍然晃動，但似乎不像前一天那麼害怕了。

歐赫德流士繼續行走，雙足赤裸、舒坦、勇敢自信。在他面前的不再是難以捉摸的瘋狂亂草，現在，當他走近時，一條道路，害羞地，漸漸鋪展開來。多少個鐘頭過去了，遠處的丘陵顯得愈來愈大。歐赫德流士在第二個夜晚

降臨前抵達。他爬上一面滿布高大蕨類的斜坡，找到一處源流，岸邊長著木槿與蘭花；他在那裡待了一段時間，飲水解渴。一道靈活的目光，明亮而烏黑，穿透綠油油的葉幔。歐赫德流士感覺有人在觀看，於是轉過頭。就這樣，見到他遇上的第一位季佐特人。

季佐特人緩緩從藏身之處走出，在地理學家面前站定。他看起來像印地安人。一名印地安土著，質樸、帥氣、膚色黝深，身上塗了五顏六色，穿戴著富麗堂皇的羽飾。歐赫德流士想起布拉札丁的回憶錄。關於島嶼的形貌，植物的種類及分布，還有雲草，一切都十分契合。不過布拉札丁所描述的居民很明顯地帶有東方風情，而眼前這名男子，無論衣著或髮型，都不具那種情調。那人剛打獵回來，腰間掛著一頭小動物，遭箭射穿，看上去像是犰狳。男人開口說話：他們的語言聽起來帶有一點打舌音，像某些咬字不清的孩童。歐赫德流士感到困惑：正當他以為已經找到靛藍雙島之時，卻發現了一支完全不相干的民族。難道他搞錯了？抑或是島上的人種已有變遷？

印地安人做了個手勢，邀歐赫德流士隨他同行。說他是在走路，倒不如說是在滑行。歐赫德流士在後面跟得辛

苦。他踉踉蹌蹌，跌跌絆絆，腿上刮痕累累，衣袖常被卡緊。他們來到一座村落，那村子位置隱密，完全融合在風景之中，外人根本不可能察覺其存在。好奇的人群從四面八方竄出，所有人一起七嘴八舌，立即將歐赫德流士團團圍繞。有人把手伸到他的鬍鬚裡，有人去撥弄他的頭髮。孩子們為他送來一盅盅水果，還有小小的烤河魚，整齊漂亮地串在細棍上。

歐赫德流士完全沒預料到會受到如此款待。才剛到不久，他就已經被村人完全接納。沒有疑問，也不尷尬。人們邀他一起用餐。若突然爆出宏亮的聲音，通常都是爽朗的大笑；緊握的兩隻手流露誠懇的友誼，他們的動作嚴謹有禮，絕不魯莽。村裡的第一夜，歐赫德流士睡在吊床中輕輕晃盪，宛如一場夢。過了好幾天之後，他才能踏實地體驗這種新生活。季佐特的語言，字句芬芳瑰麗，彷彿從他記憶深處某一個被遺忘了的區域對他發聲交談似的，他竟能明白大意。無論什麼事物，即使是最不起眼的小工具，只要拿在手中再三把玩，終能感受到，工匠造它之時曾如何仔細呵護，付出多少精神心力。

然而，對歐赫德流士而言，光是身處該地，在那兒生活，仍然不夠。雖然他的聲音聽來平靜，額前糾結的皺紋卻瞞不了人。他的思緒總飄向更遠的地方。他的好奇永無止境，凡事都要擔心，他身邊的人們對此十分訝異。

無論如何，他一定得知道，確切地知道，自己到底在什麼地方，在世界和他頭腦裡的哪一個角落……

足行之禮

幾星期後，他覺得可以試著讓別人了解他。他用泥土在地上塑造出靛藍雙島的地圖，以手勢和語氣大力強調那兩座島的形狀：其中一座像軟墊，很長很直，另一座則小小圓圓，呈圓錐狀。關於小島，他特別花了不少功夫，試圖說明那很可能是一座熄滅了的火山，過去曾噴冒火焰。他伸出兩隻手指，比劃一個人攀爬大島山巔的模樣，然後指指周圍的環境、村落，以及森林。可是，那些印地安人卻不懂那地圖的涵義。其中一人抓了一根木棍，在地上畫起圖來，不過不是一份地圖，而是一條點線狀的路徑。在旁邊，他又畫上一條，比前一條還更潦草模糊。村民們個個大笑起來。歐赫德流士過了好一會兒才認出，這條隨意亂畫的路原來是他自己的腳印。對季佐特人而言，所謂的

地圖不是別的，就是步行過的痕跡。足跡是他們的簽名花押，是他們書寫出的篇章。他們把腳印畫成小植物，一株連著一株，並根據行經路線謹慎與否，以及路徑優雅的程度，來判斷一個人。他們認為，人必須輕輕觸踏土地，在身後留下一座花園。他們遵奉一種特別的足行之禮。

雖然如此，由於他們非常希望能盡全力幫助歐赫德流士，約有十名季佐特人於是自願陪他穿越森林，一直走到季佐特國中最高的山峰。他們越過條條江河，爬過層層丘陵，然後又渡過其他江河，再攀過其他丘陵。偶爾，廣大的草原出現在遠方，從林間縫隙可見。歐赫德流士訓練自己用赤裸的腳掌去感受，去觀看。他們來到一個地勢較高的區域，山峰聳立在森林上方。黑森森的大岩石常鑽出葉叢，必須徒手攀登。歐赫德流士再次讚嘆季佐特族身手不凡，輕巧靈活。在他前面的那位印地安人，從一塊岩石跳到另一塊岩石，逐步向前躍進。當他們爬到半山腰時，驚覺夜已降臨。

天還未亮，歐赫德流士即已醒來，迫不及待，一刻也不能等。他就近搖搖身邊伙伴的肩膀，告訴那人，距離山頂還剩下的那一大段路該怎麼走。這一小群人仍不斷向上攀爬，在中午左右抵達。那座山巔比附近其他山峰高出許多。從山頂眺望，可以對當地的地勢有個概念。森林沿著山坡延向谷地，山丘上冒出朵朵新芽，然後林地消失在遠方，那裡，閃耀著雲草汪洋。不過，島的形狀與之前所預期的有所出入。此島占地遼闊，中有兩道深谷刻蝕，兩座海灣向內深入，切成稜角，看上去像個「Z」字。歐赫德流士完全不懂這是怎麼一回事。所以，他也一樣，沒能找到靛藍雙島。他想著那一長串線索，現身說法與歷歷在目的證據，最終卻導致這般可笑的失敗。

從他臉上的表情紋路，季佐特人感受到他的激動，他們看著他清澈的目光中快速閃過各種情緒，飛馳如雲。歐赫德流士露出一抹有些悲傷的笑容，這一切探尋終究成為一場空。為什麼他不能老老實實地活著就好？一名印地安人走向他，抱住他的肩頭，要他看遠方，很遠很遠的地方，藍天之中有一點藍，幾乎肉眼難辨，是一座火山錐，靛藍雙島中那座熄滅了的火山。它屹立在那裡，就在那裡，從「Z」字下方那一槓延伸出去，宛如一個句點，位於一串奇幻字母的最尾端。

歐赫貝島及薄霧之河的剖面圖

歐赫貝港
這是外國船艦到歐赫貝大島的唯一通道

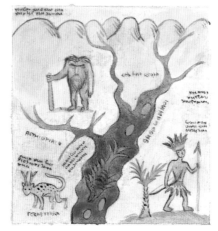
母圖片段，對照顯示地圖演變中的兩個時期。

整個歐赫貝的歷史都畫在母圖上。
新的資料覆蓋舊的紀錄。
母圖須靠「隱跡紙童」的眼睛才能解讀，
還要「百名長老」的記憶，才能加以解說。

母圖最古老的部分上畫有這種無頭怪物。
在同一時期的圖上也能看到狗面人身。

季佐特族的村落。
季佐特族的村落十分隱蔽，與森林合而為一，
只有近在眼前才看得出來。

從季佐特國望去，聖島。

季佐特族用餐的景象

靛藍雙島中較小的一座形狀像一座熄滅了的火山。

根據阿納托‧布拉札丁的說法，

那裡是聖島，亡靈的依歸。

對季佐特人而言，卻正好相反，

那是新生兒靈魂的家鄉。

足行之禮。
季佐特人認為，
在大地的表皮上留下最輕盈的足跡，
代表著最偉大的人格。
他們相信，美麗的腳印同時也是植物的種子，
將在他們走過之後，萌芽開花。

關於作者

法蘭斯瓦‧普拉斯 François Place

　　出生於1957年，在艾司田學校（École Estienne）主修視覺傳達，並曾從事動畫創作。普拉斯熱愛閱讀各種歷史方志、地圖、旅誌，《歐赫貝奇幻地誌學》花費他整整十年心血才繪製完成，在法國境內及歐洲各地獲獎無數；其中幾則故事已另衍生出單獨成冊的故事書。

　　普拉斯著作等身，其中有獨立的圖文作品，也常和其他創作者合作，插畫作品常見於伽里瑪出版社（Guides Gallimard）。著作中最為人稱道的，除《歐赫貝奇幻地誌學》之外，尚有榮獲十一項文學獎、描述民族探索歷程的《最後的巨人》（Les Derniers Géants），獲法國蒙特勒伊（Montreuil）書展2007年出版大獎的《戰爭的女兒》（La Fille des Batailles），以及獲義大利波隆納國際兒童書展2012年文學類大獎小說《歐赫貝的祕密》等多部作品。

關於譯者

陳太乙

　　資深法文譯者。譯有《追憶逝水年華：第一卷 斯萬家那邊》、《哈德良回憶錄》、《長崎》、《拇指男孩的祕密日記》、《泛托邦》、《論哲學家》等小說、繪本、科普、人文、哲史等各類書籍五十餘冊。曾以《現代生活的畫家》獲臺灣法語譯者協會文學類翻譯獎。

ATLAS DES GÉOGRAPHES D'ORBÆ

De la rivière Rouge au pays des Zizotls

R–Z

大人國叢書 20

貝赫歐
幻奇赫
學誌地

從紅河流域到季佐特國

De la rivière Rouge au pays des Zizotls
Text and illustrations by François PLACE
Original French edition and artwork © Editions Casterman 2000
Text translated into Complex Chinese and © China Times Publishing Company 2024
This copy in Complex Chinese can be distributed and sold in Taiwan, Honk Kong,
Macau and the rest of the world, but excluding PR of China.
All rights reserved.

ISBN 978-626-396-248-4
Printed in Taiwan

作者：法蘭斯瓦‧普拉斯 François Place｜譯者：陳太乙｜責任編輯、企劃：石璦寧｜主編：陳盈華｜封面設計、排版：陳恩安｜版型設計：張瑜卿｜校對：沈慧屏

董事長：趙政岷｜出版者：時報文化出版企業股份有限公司｜地址：108019臺北市和平西路三段240號｜發行專線：02-2306-6842｜讀者服務專線：0800-231-705、02-2304-7103｜讀者服務傳眞：02-2304-6858｜郵撥：1934-4724時報文化出版公司｜信箱：10899臺北華江橋郵局第99信箱｜時報悅讀網：www.readingtimes.com.tw｜創造線FB：www.facebook.com/fromZerotoHero22｜法律顧問：理律法律事務所／陳長文律師、李念祖律師｜印刷：勁達印刷有限公司｜二版一刷：2024年5月24日｜定價：新臺幣 660 元

時報文化出版公司成立於一九七五年，並於一九九九年股票上櫃公開發行，於二〇〇八年脫離中時集團非屬旺中，以「尊重智慧與創意的文化事業」爲信念。

歐赫貝奇幻地誌學. R-Z，從紅河流域到季佐特國／法蘭斯瓦‧普拉斯（François Place）著；陳太乙
譯. -- 二版. -- 臺北市：時報文化出版企業股份有限公司，2024.05｜144面；26×19公分. --（大人
國叢書；20）｜譯自：Atlas des Géographes d'Orbæ : De la rivière Rouge au pays des Zizotls｜ISBN 978-
626-396-248-4（精裝）｜876.57｜113006056